中公文庫

えちごトキめき鉄道殺人事件

西村京太郎

中央公論新社

目次

えちごトキめき鉄道殺人事件

第一章　泊行き普通列車

1

私は、旅が好きだ。それも、鉄道の旅が好きだ。だからといって、とても鉄道マニアといえそうもない。せいぜい、鉄道ファンぐらいか。

三十六人のグループで、自分たちで、旅の雑誌を出している。

まあ、同人雑誌といったところで、それに、勝手に旅の感想を載せたりするのだが、私は、最近、各地の鉄道で、愛称を付けることが流行しているのを感じていた。

先月も一人で四国を旅したのだが、予讃線《よさんせん》の一部に愛称が付いていた。「愛ある伊《い》予《よ》灘線《なだせん》」という愛称である。

私は、あの辺りは好きなのだがなぜ、突然愛称が付いたのか、わからなかった。

そういえば、愛称が多いのは東北だろう。東北も好きでグループで鉄道旅行をしたり、一人で行き当たりばったりの旅をしたりするのだが、とにかく東北は、愛称の宝庫である。磐越西線《ばんえつさいせん》には「森と水とロマンの鉄道」という愛称が付いている。それに対して磐越東線《とうせん》の方は「ゆうゆうあぶくまライン」である。陸羽東線《りくうとうせん》は「奥の細道湯けむりライン」、大船渡線《おおふなとせん》は「ドラゴンレール大船渡線」、男鹿線《おがせん》は「男鹿なまはげライン」、釜石線《かまいしせん》は「銀河ドリームライン釜石線」、八戸線《はちのへせん》は「うみねこレール」、花輪線《はなわせん》は「十和田八幡平《はちまんたい》四季彩ライン」、大湊線《おおみなとせん》は「はまなすベイライン大湊線」。

愛称の大売り出しというか、愛称の付いていない鉄道路線は、一つも無いのではないかと、そんな気もしてくる。

今回私は、日本海側の鉄道に乗ってみたくなって、これから直江津《なおえつ》に行く。直江津を出発点として、「えちごトキめき鉄道」に乗るのである。

実際の名称は「えちごトキめき鉄道」のあとに、「日本海ひすいライン」と続くのである。「えちご」という名称はあの辺りが昔、越後という地名だったし、越後線という名前が、今もあるからよくわかるのだが、「トキめき」鉄道というのがよくわからない。わからないから、とにかく乗ってみる事にした。果して、胸がときめくのか。

「雪月花」というリゾート列車も走っているが、私が乗るのは、普通列車である。

私は、三月十二日に直江津のホテルで一泊し、翌日の十三日に「えちごトキめき鉄道」の9時45分発の一両編成普通列車に乗る事にした。幸い、雪の気配は無く、日本海沿岸でも、ようやく春の兆しが見えてきた気候だった。

直江津に着いてから私は、えちごトキめき鉄道が、これから私が乗ろうとする、日本海側沿いの金沢方面に向かうルートもあれば、長野方面へ向かう「妙高はねうまライン」もあると知った。

私が乗る日本海沿いのえちごトキめき鉄道に「日本海ひすいライン」という名前が付いているのは、日本海側沿岸の海岸などで翡翠がよく採れたからだろう。

一両編成だが、ET122形と呼ばれる、このルート専用に建造し、使用しているツートンカラーの洒落た感じの車両だった。乗客はあまり乗っていなかった。目で数えられる位の乗客である。数えてみると、私を含めて十一人の乗客だった。

9時45分に発車した。頭上には、架線が張ってある。つまり、電化されているのである。それなのに、私が乗った車両はディーゼル車だった。なぜ電化されているのにディーゼル車なのか。それはすぐわかった。

この、えちごトキめき鉄道は電化されているが、直流区間と、交流区間があり、その両方を走れる車両が無いので、ディーゼル車を使ってるということらしい。面白いが、無駄遣いのような気もする。

それでも、列車が走り出すと私は車外の景色に見とれた。線路に沿って人家が続いている。それも、分厚い感じではなくて、線路に沿ってまるで、一列縦隊の様な人家の重なりようである。集落の感じが薄いのだ。これが日本海の鉄道であり、集落であると感じた。

録音された車内アナウンスが流れた。

「この列車は、泊《とまり》行きのワンマンカーです。お乗りになりましたら、整理券をお取り下さい」

これは、普通のアナウンスだが、次は、ちょっと面白い。

「この列車のドアは、自動ではございません。ドアの横にあるボタンを押して、お待ち下さい」

と、アナウンスされる。

東京生れで、東京育ちの私は、初めて、東北に旅した時、最初の失敗は、列車のドアだった。その頃は、丁寧なアナウンスが無かったので、ドアは、自然に開くものだと思っていた。

だから、ホームで列車を待っていて、列車が来たので、ドアの前に立っていた。開くのを待っていたのである。ところが、開かない。開かないまま、私をホームに残して、発車してしまったのである。

私は、あわてたが、同時に腹も立った。乗ろうとする私を無視して、ドアを閉めたまま、出発してしまったと思ったからである。

そのあとで、東北の友人に聞いて、ドアの開かないことも知ったし、その理由にも納得した。

駅に到着する度に、ドアが開いていたのでは、せっかくの車内暖房が逃げてしまう。それで、ボタンを押さないとドアが開かない。そんな風になっているといわれて、納得したのだ。今は、たった一両編成の普通列車でも、車内アナウンスでドアについての注意をしている所をみれば、都会から来る観光客は、ドアの開閉で戸惑うことが多かったのだろう。

それにしても、平坦な静かな景色である。それを楽しんでいると、突然、列車はトンネルに入った。反響音が強い。長いトンネルに見えた。しかし、閉塞感は無い。古いトンネルらしく、全体が大きく出来ていたからである。それに、トンネル内も復線だった。

トンネルが終わって、外に出るとすぐ次の駅、谷浜《たにはま》だった。無人駅だが、ホームはゆったりと長い。ホームだけ見ていれば、大きな駅である。それにトンネルの大きさ。私は納得した。えちごトキめき鉄道といっているが、元は北陸本線の線路であり、ホームだったのである。全てが大きいのは当たりまえである。

すぐ、列車は発車する。また同じ様な車内アナウンス。

「この列車は、泊行きのワンマンカーです。ドアは自動ドアではありませんから、ドアの側に付いているボタンを押して、お待ち下さい。お乗りになった方は整理券をお取り下さい」

しかし、この駅で乗った者は誰もいなかった。降りた人もいない。

列車はまたトンネルに入る。今度は短いトンネルだった。出るとすぐ、またホーム。有間川《ありまがわ》駅だ。このホームも長くて大きい。一両編成なので、ホームの一番端の所で止まった。

次は、名立《なだち》という駅になる。そこへ向かって走り出すと、すぐトンネルに入った。今度は、長いトンネルである。トンネルの中を走っている時に、

「次は名立です」

というアナウンスがあった。トンネルが長いせいか、出口が近付くと、やたらに眩

しかった。

名立に到着。止まっている時に、前方を見ると、次のトンネルの入口が見えた。発車するとすぐ、そのトンネルに吸い込まれた。相変わらずゆったりとした広さのトンネルである。ただ反響音が大きい。時々、運転手が警笛を鳴らす。その内に、トンネルの中で列車が停止した。筒石《つついし》駅である。

ここは、トンネルの中の駅なのだ。列車が止まった所に、駅員が一人立っていて、なぜか厳しい目で車両を見ていた。ここでも、乗り降りする乗客はいない。

ここまでのトンネルは全て古くて、広くて、薄暗かったが、この筒石は駅の近くだけ蛍光灯が付いていて、それが青白く光っていた。

トンネルの中の駅から発車。次の能生《のう》駅までトンネルが続いている。筒石駅とはトンネルの続きだから、やたらに長く感じられる。トンネルだらけの鉄道は、えちごトキめき鉄道の駅というよりも、昔の北陸本線の駅とトンネルなのだろう。

やっと長いトンネルを抜けると、またすぐが駅である。能生駅を発車すると、

「次は浦本《うらもと》」

というアナウンス。途端にまた、トンネルに入った。こちらのトンネルは短いのだが、その短いトンネルを抜けると、あっという間に次のトンネルに入る。トンネルを

抜ける前にアナウンスがある。

「次は梶屋敷《かじやしき》」

ここも、走り出すとすぐトンネルに入ったが、ここはすぐトンネルを抜けた。左手に北陸新幹線の高架が近付いて来て、しばらく並行して走った。新旧、極端な取り合わせである。

北陸新幹線の高架と並行して走っている間は、トンネルは無かった。何となく、トンネルが無いんだと思いながら、窓の外の新幹線の高架を見ていた。

糸魚川《いといがわ》駅に到着する。北陸新幹線が止まる駅である。私の乗った一両編成の普通列車が止まったホームは、低く、古めかしくて薄暗い。それに比べて、左側に見える新幹線の糸魚川駅は、やたらに、大きくて明るい。

糸魚川を出ると、次は青海《おうみ》。平地が広がりトンネルも無い。トンネルの無いのは並行して走る北陸新幹線の高架のせいの様な気がしていたのだが、いつの間にかその高架は、消えてしまっていた。新幹線のレールが、こちらの線路から離れていったのである。

青海を出るとすぐに、またトンネルに入った。このトンネルは、今までのトンネルの様に、広くて大きくはない。小さいトンネルでトンネルの中のレールは一本だけ。

そして、長いトンネルだった。

親不知《おやしらず》駅を通って、市振《いちぶり》に着いた。持参した小型の時刻表を見ると、この市振までがえちごトキめき鉄道で、これから先は「あいの風とやま鉄道」となっている。別に降りて乗り換える必要は無い。もともと同じ北陸本線だったのだ。

市振を出ると、次の駅まで小さなトンネルの連続である。やたらに車窓が、暗くなったり明るくなったりする。そして列車は、終点の泊に着いた。私の乗った一両編成普通列車の終点である。

私は、この先は列車を乗り換えて富山まで行き、富山市内で漢方薬を買って、東京に帰るつもりだった。

今まで乗って来た列車から降りようとした時、急に車内で、騒ぎが起きた。

運転手が何か大声で叫び、ホームの駅員を呼んでいるのだ。私も別に急用がある訳ではないから、車内へ引き返すと、駅員が運転手と前方の座席で騒いでいる。降りかけた乗客も、二、三人止まって、覗き込んでいた。私はその野次馬たちに、

「何か、あったんですか？」

と、きいてみた。返ってきたのは、

「乗客の一人が、気を失っているみたいなんですよ。それで、運転手と駅員が声を掛

けているんですが、反応が無いんです」

だった。

それでも列車は、このあと逆に、直江津に向かって発車させなければならない。そこで、ぐったりとしている乗客を、車両から降ろしてホームのベンチまで、担いで行き、そこに寝かせている。野次馬の三人の乗客も、それを見守っていて、私も、気になったので覗いていた。

ベンチに寝かされた乗客は、年齢五十歳から六十歳ぐらいか。中肉中背のがっしりとした体つき。背広姿だが、ネクタイはしていなかった。少しばかり、髪が薄くなっている。その姿は、くたびれた中年サラリーマンという感じである。

しばらくすると、救急隊員がホームに入って来て、担架にその男を乗せて、外に待っている救急車に運んで行った。私も、野次馬の三人も、何となくホッとした。それに向かって駅員が、

「どうも、お騒がせしました」

と、丁寧に頭を下げた。

2

私は、予定通りこの駅で列車を乗り換えて富山に向かった。泊から富山まで四十六分。

富山に着いた時は、私はもう、泊駅の騒ぎを忘れていた。

富山は、富山の薬売りの町である。今では、ほとんど無くなっている漢方薬専門の店も何軒かあり、駅近くの食堂では、漢方薬を使った健康料理を並べていた。

漢方薬の入ったカレーライス。漢方薬を使ったラーメン。あらゆる料理に漢方薬が使われている。また、それを売りにしている感じのメニューだった。薬膳料理である。

私は、漢方薬を使ったカレーライスを食べた。味がちょっと違っていたが、別に不味《まず》くはない。

そこで昼食をとってから、私は市内にある大きな、漢方薬の店に入った。私は、ここに来る前に雑誌で、

「西洋医学の医者が薦める漢方薬」

という記事を見ていた。私は別に、病気持ちではないが、何となく昔から漢方薬に憧れていたので、それをノートに書き留めて持って来ていた。

市内の大きな漢方薬の店で、四つの漢方薬を買い込んだ。そのあと、富山から北陸新幹線で、東京に帰る事にした。

旅行は好きだが、サラリーマンである。楽しい旅行で、会社を休む訳にもいかなかったのだ。

翌日の新聞に、えちごトキめき鉄道の泊での事件が載っていた。私は終点の泊駅で、乗客の一人が救急車で運ばれていくのを見たが、あの乗客は病院に着いてからすぐ、死亡したというニュースだった。乗客の名前は、新井健一、五十歳。東京世田谷のマンション住まい。現在、独身。無職と出ていた。あの事件というか、事故というのか、報道はそれだけだった。地方鉄道の駅で起きた事件だから小さな報道だったのだろう。

私は、退屈なサラリーマン生活に戻ったのだが、「鉄道は友達」というタイトルの、自分たちだけの同人雑誌に、三月十三日の直江津から富山までの旅行を、原稿用紙十五枚に書いて載せる事にした。もちろん、原稿料はなしである。

最初は、えちごトキめき鉄道の乗車の楽しさを書くつもりだったが、半分は最後に泊駅で起きた事件を書く事になってしまった。それに、今月号の締め切りが迫っているという事だったので、徹夜で書いて送った。

一週間後に、今月の「鉄道は友達」が刷り上がって配られた。土曜日に送られてきたので、私は日曜日にどこにも行かず、自宅マンションで、寝転がりながら、自分の書いた物を読んでいた。

午後三時過ぎに突然、ベルが鳴った。誰が来るという予定も無かったので、私は首を傾げながら玄関のドアを開けた。

そこに、二人の男が立っていた。四十代のがっしりとした体つきの男である。

「木村文彦さんですね？」

と、一人が確かめるようにきき、私が頷くと二人はポケットから警察手帳を出して、私に示した。

「私は、警視庁捜査一課の警部で、十津川。こちらは、同じく警視庁捜査一課の亀井刑事です」

と、いった。

私は驚くと同時に、

（ああ、これが刑事なのか）

と、興味も持った。その刑事二人がなぜ私を訪ねて来たのか、全く見当がつかなかった。すると、年上と見える亀井刑事の方が私たちの雑誌「鉄道は友達」を見せた。

「ここに、木村さんは三月十三日に『えちごトキめき鉄道』に乗った記事を書いていらっしゃいますね。この記事、本当にあなたが実際に乗って書かれたんですか？」

と、きいた。

「もちろんそうですが、それがどうかしましたか？」

「是非、伺いたいことがあるんですよ。とにかく、中に入れて下さい」

と、もう一人が、いった。

私は、毎日朝と夕方に飲んでいるコーヒーを、二人の刑事にも勧めてから、自分も一口飲んだ。そのあとで、

「何の御用で来たんですか？」

改めて二人にきいてみた。

「あなたは、三月十三日、直江津9時45分発の普通列車に乗った。そして終点の泊で降りた。その時、同じ車両に乗っていた乗客の一人が、倒れているのを見つけた？」

「いや、見つけたのは私じゃありません。運転士ですよ。運転士さんが駅員を呼んだりして騒いでいるので、何だろうと思ってのぞいたんです。そうしたら、乗客の一人が倒れていて、駅員が、救急車を呼んで運んでいったんです。それだけですよ。後で新聞で、その乗客が死んだ事や、新井健一という名前も知って、それを、私たちの雑誌に書いたんです。それだけです」

と、私はいった。

「正直に打ち明けますが、あの時亡くなった新井健一は警視庁の刑事でした」

「しかし、新聞には、無職と出ていましたよ」

「一年前に辞めているので、正確にいえば無職ですが、我々としては警視庁の刑事として考えています」

十津川という警部が、いった。

「それで、私に何の御用ですか？」

「あなたが書かれた物を読むと、その時列車に乗っていたのは十一人だと書かれていた。それが全部直江津で乗って、終点の泊まで乗っていたと、そう書かれています」

「そうです。その間の駅で、乗り降りはありませんでした」

私が、いった。

「始発の直江津で何時に乗られたんですか」

と、きく。私は手帳を見て、

「9時45分です」

「終点に着いた時は」

「時刻表通りですから、11時3分です」

「そうすると、その間一時間二十分ですね」

「だいたいそうだと思います」

答えながら、この刑事が、何を知りたいのか、わからなかった。

「その間、あなたは他の乗客と同じ車両の中にいた」

「当たり前でしょう。一両編成ですから」

「駅の数は幾つでしたか？」

「直江津と泊を数えれば、十四です」

「その間、乗り降りは無かった」

「そうですよ。さっき言いました」

「そうすると、あなたを含めて乗客は十一人。その十一人は一時間二十分の間、同じ車両にいた？」

「そうです」

「その間、車内を歩いたりしましたか？」

「もちろん、しましたよ。初めての車両ですから」

「そうすると、他の十人の乗客と何か会話をしましたか？」

「いや、しません」

「死んだ新井健一とはどうですか？　話をしましたか」

「しませんが、簡単な挨拶はしたと思いますね。いわば同じ車両に、一時間二十分も乗っていたんですから。ただし、会話はしていません」

「新井健一が、他の乗客と話をしているのは見ていますか？」

「どうでしたかね。とにかく、漠然と車内を見て回って歩いただけですから、誰と誰が話をしているとか、そういう事は覚えていないんです」

と、私はいった。

「死んだ新井健一が車内で誰と話をしていたか、どんな乗客と話をしていたか、それを是非知りたいんです。何とか思い出して下さい」

と、十津川が、いった。やたらに、くどい。

「よく覚えていないんですよ。私は別に、亡くなった方の知り合いじゃないし、他の乗客たちと同じ様に、ぼんやりと見ていましたからね。どんな人と話をしていたか、覚えていないんです。それにしても、どんな理由があって、私に、亡くなった新井健一さんという乗客の事を聞きにいらっしゃったんですか？」

私は逆に、きいてみた。

「いや、それは、教えられません」

と、いうのが二人の刑事の返事だった。

「でも、調べているんでしょう？」

「その通りですが、何とかして、新井健一がどんな乗客と話をしていたか、是非思い出して頂きたいんですが」

と、繰り返す。

「それは無理ですよ」

と、私はいった。

「今も言った様に、この乗客一人を気にして乗っていた訳じゃありませんから」

二人の刑事は、これで私に会う理由は無くなった、といった顔で腰を上げた。そこで私は、いってみた。

「私が、何か知っていたら、警察がどんな事件を追っているのか、教えて頂けますか？」

そのとたん、二人の刑事は、座り直して、

「どんな事を知っているんですか？」

「いや、知っているというんじゃなくて」

「それならば、話を聞いても仕方がない」

と、いった。そこで私は、いってやった。

「実は、小さいカメラを持って乗り、車内の写真を何枚か撮《と》っているんですよ。どうですか。それに、この新井さんが写っているかはわかりません。意識して車内を撮った訳ではないから。しかし、写っているかもしれません。その写真を見せたら、今警察がどんな事件を追っているか、新井さんがどうして死んだのか、それを教えてもらえますか？」

と、きいてみた。

二人の刑事は、顔を、見合わせてから、

「とにかく、あなたが撮った写真を見せてくれませんか」

と、いう。

「約束してくれなければ、ダメです」

私は頑固にいった。途中から、警察が調べている事件、それが、無性に知りたくなったのだ。

「わかりました。詳しい話は出来ませんが、どんな事件を追っているのかは、教えますよ」

と、十津川が、いった。

そこで、私はいつも使っている小型のカメラを持って来て、それをテレビに繋ぎ、再生ボタンを押す。

テレビの画面に、問題の車両の写真が、一枚ずつ映し出されてきた。二人の刑事は黙ってそれを見ている。

「あっ、止めて下さい」

急に亀井という刑事が、叫んだ。私がストップをする。そこには、二人の乗客が写っていた。一人は間違いなく、死んだ新井という乗客だった。

もう一人映っていたのは、新井健一と同じ様な中年の男である。きちんと背広を着て、ネクタイもしている。

私はまた、再生ボタンを押した。漫然と車内を撮っている写真である。また新井健一と背広の男が並んで映っている。次に、高齢な男性と中年の女性が映っていた。

「この写真、カメラごと、預からせて下さい」

十津川が、いった。

「それはOKですが、約束も、守って下さい」

私は意地悪くいった。二人の刑事は、一瞬、顔を見合わせてから十津川が、約束の話をしてくれた。

「今から五年前に、副総理が、狙撃されて、亡くなった事がありました」

「その事件なら覚えていますよ」

「我々、警視庁の刑事としては、メンツにかけても犯人を逮捕しようと、必死で捜査を開始したのですが、なかなか容疑者が浮かんで来ません。今回亡くなった新井健一も捜査員の一人だったんです」

「しかし、どうして警視庁を退職してしまったんですか？」

「詳しい事は言えませんが、意見の相違ですね。捜査員の中で一人だけ、違う考えを持っていた。そのため捜査が混乱するので彼を捜査から外そうとしたんです。そうしたら、突然、辞表を提出して警視庁を退職してしまいました」

「そういう、内輪の事は、知りませんが、事件の捜査が迷宮入りしてしまったみたいな事を、新聞で読みましたが」

「そういう事も、あって、捜査員の数が減りました。それでも、私たちは引き続き、あの事件を、調べています。突然辞職してしまった新井刑事が、警視庁を辞めてからも、一人で、コツコツと犯人を追っているという、噂は、きいていました。そうした時に、新井元刑事が死んだ。あるいは殺されたというニュースを、知りましてね。捜査員の間に、動揺が、走りました。捜査は、容疑者が浮かばず、悪戦苦闘している。

そんな時、ひとりで、犯人を追っていた新井が殺されたのです。彼が、犯人に近づきすぎたので、殺されたのではないか。もし、これが当っていたら、我々が追っている線は間違いで、独自の線を追っていた新井健一が正しかったことになるからです。それで、あなたのエッセイを読みましてね、あなたに会いに来たんです。そこでお願いですが、何か思い出した事があったら、是非電話を下さい」

といって、十津川警部は、自分の携帯の番号を教えてくれた。

「五年前の事件について、もう少し詳しく話してくれませんか。現在の捜査がどんな状況なのか、容疑者が浮かんでいるとしたら、どんな人間なのか。そういう事も知りたいと思うのですが」

と、私がいうと、

「それは出来ません。申し訳ない」

といって、二人の刑事は帰ってしまった。

3

私は、刑事が帰ってしまうと、無性に問題の事件について詳しい事を、知りたくなった。その時私は、自分たち鉄道ファンが集まって作っている友の会、その会員の中に新聞記者がいたのを思い出した。

　慌てて、メンバーの住所録を取り出して調べてみた。すぐ見つかった。名前は田所信。S新聞の社会部記者である。一緒に鉄道旅行に行った事はあるが、親しく話をした事は無い。それでも、そこに載っている田所の携帯に電話してみた。

　だが、出ない。新聞記者だからどこか取材に行って忙しいのだろう。そう思い、留守電にメッセージを吹き込んでおいた。

「五年前の、副総理が射殺された事件について、こちらも知っている事があるので、情報の交換をしませんか？」

　というメッセージである。

　その日の夜中になって、田所記者から電話が入った。私は正直に警視庁の刑事が二人、訪ねて来た事、それから五年前の事件について色々と聞いた事を話すと、電話の向こうで田所が、急に声を上げて、

「是非、お会いしたい。今からでも、良ければすぐそちらに、行きますよ」

　と、いった。

　私が、

「お待ちしてます」

と、答えると田所は、自家用車を飛ばして、私のマンションにやって来た。

私がカメラのことを話すと、田所は、

「それで、その写真は、ここにあるんですか？」

と、勢い込んで、きく。

「カメラごと、刑事が持って行ってしまいましたよ」

「そんなのたぶん、返してくれませんよ。警察にとっては、大変貴重な、写真ですからね。とにかく、その写真を、見たいんだが、どうにもなりませんか？」

と、田所が、きく。

私は、思わず、にっこりして、

「大丈夫ですよ。写真のデータは、パソコンに移してありますから」

といった。

田所が、急ににっこりした。私はノートパソコンを取り出し、そこに移した写真を田所に、見せてやった。

特に田所が興味を示したのは、死んだ新井健一と、他の乗客が写っている写真だった。

田所は、その写真を、自分の携帯に移しながら、

「この事件は、ひょっとすると、大変な事件かも知れないんです。真相がわかれば今の内閣がつぶれるかもしれません」

「しかし、殺されたのは、首相ではなくて、副総理ですよ。それでも、大変な事件なんですか？」

「今の総理大臣も、五年前に亡くなった副総理も、両方とも、問題のある人物なんです。今の内閣は、総理が個人的に作り上げたお友だち内閣という人もいますがね。私はコネで作られた内閣だと思っているんです。何らかのコネのある人間を、今の首相が集めて、組閣したんです。だから、コネ内閣です。名家育ちの首相らしいやり方ですよ。だから、逆に、首相は、コネのない人間は、信用していない。この考えは、内閣だけでなく、主要な省庁に対しても、同じ方針で、コネのある人間を、主要なポストに配置していったのです。逆にいえば、省庁の幹部の中から選んで、首相の方からコネをつけ、定年後は政界入りを約束させ、その代りに選挙の時に選挙資金を約束する。コネ作りです。いわば、先物買いでコネを作り、首相の周囲に自分に忠誠をつくす人間を、集めていったのです」

「そのことと、副総理が殺されたことと、どんな関係があるんですか？」

と、私は、きいた。

喋りながら、私は、ますます、今回の事件に興味を抱くようになっていった。

私は、今のところ、結婚の予定も無いし、勤務先の会社で出世の話もない。

唯一の楽しみは、旅行なのだが、今回、その旅行に、殺人事件が絡んできたのである。その上、田所は、その事件が大きな政治事件に発展するかも知れないという。

(面白い)

と、思った。

しかも、その事件解決のカギを、自分が握っているようなのだ。

その一方で

(少し怖い)

と、いう気もしている。

その両方の気持の中で、私は、田所に向って、

「もっと、わかっていることを、話してくれませんか」

と、いった。

「興味を感じたみたいですね」

と、田所が、笑った。

「今のところ、暇ですからね」

「あまり、この事件に深入りすると、危険かも知れませんよ」

と、田所が脅かすように、いった。

「しかし、あなたは、私よりはるかに、この事件に、深入りしているじゃありませんか」

「私の背後には、新聞社という後ろ盾がありますよ。あなたにも、ありますか？」

と、きかれて、私は、自分の働いている会社のことを考えた。

今はやりのＡＩ企業といえば、カッコいいが、冷静に考えれば、大企業の下請けである。

それに、一部上場ではなく、二部上場である。

会社名を知っている人間は少ない。

（犯人は、そんな会社を、脅威に感じるだろうか？）

「駄目だね」

と、私は、自分で、自分の働く会社に、落第の印を押したのだ。

「今回の事件の脅威は、どれほどのものですか？」

と、私は、きいた。

「今回、新井元刑事が、殺されました。元刑事ですよ。それを考えれば、今回の犯人は、平気で人を殺す。特に危険な犯人なんです。普通の犯人は、刑事や元刑事を殺したりはしないものです。その背後に、いわゆる桜田門が控えているからです。しかし、今回の犯人は、元刑事を殺しています」

「今日会った十津川警部は、五年たっても、容疑者が浮んで来ないと、いっていました。そんなに難しい事件なんですか？」

私は、単刀直入に、きいてみた。

殺されたのは、副総理なのだ。テレビ的な有名人ではないが、政界の大物である。その男が、殺されたのだ。十津川は、容疑者が浮かんで来なくて、困ったというが、常識的に考えれば、容疑者が多すぎて、困るだろう。

被害者の置かれた地位を考えれば、いくらでも、容疑者は、出てくる筈である。味方も多いが敵も多いだろう。

私は、そんな風に考えてしまうのだ。

私は、事件の外の傍観者の気持だった。

ちょっと面白い経験をしたが、自分が、刑事ではないから、事件の捜査をする必要はない。

そんな気安さで、私は、今回の出来事を見ていた。

（私の撮った写真で、迷宮入り寸前の事件が解決したら、楽しいし、面白い）

そんな気持だった。

その時、新聞に、自分の名前が出たら、嬉しいという気持もあった。

とにかく、三十二歳の今日まで、平々凡々の人生を送ってきている。都内のマンションに住み、都内の会社でサラリーマン生活を送ってきた。

一部上場のような大会社ではないが、それなりに安定している会社で、今の給料に不満はない。

まだ、結婚はしていないが、会社の中に、好きな女性がいる。彼女と結婚できればいいと思っているが、それを態度で見せたことはない。そのうちに、旅行に誘おうかと思ってはいるのだ。

いつものように、私は、出社した。

待ち受けているルーティンワークの仕事をする。安定しているが、面白い仕事ではない。

ふと、事件のことを、課内の上司や同僚に話したくなる。

五年前に起きた副総理殺人事件は、今でもみんなが、知っている筈だ。その事件に私が関係している。警察に、事件解決のヒントを与えたことを話したら、どうなるだろうか？

びっくりして、私を見直すだろうか？

（喋りたい）

と、思ったりもした。

もちろん、一番、話したいのは、同じ課にいる、竹内美由紀だが、彼女が、どんな反応を示すかわからないのが、ちょっと不安だった。

そんな感じで、少しばかり不安定な気分で仕事をすませて、帰宅した。いつものように、途中で夕食をすませてである。

部屋のソファに座ると、手を伸ばして、リモコンを取り、テレビをつける。別にその時間のテレビを見たいわけではない。何となく、テレビをつけてしまうのである。

だが、今日は、いつもと少し違っていた。

テレビのニュースを見たかったのである。

昨日、「えちごトキめき鉄道」に乗った時の写真を、警察に渡している。それで、警察の捜査が進展したかどうか、知りたかったのである。

直接、十津川という警部に電話してきくわけにもいかないので、テレビのニュースを見たかった。

問題の事件について、何かニュースに出ないかと、期待したのだ。

しかし、全く、問題の事件に関係するニュースは、出て来ないままに、テレビニュースは、終ってしまった。

(何もなしか)

と、私は、少しばかり、がっかりした。

あの二人の刑事の張り切りぶりを思い出していた。えちごトキめき鉄道に乗った時の写真を見た時の、刑事たちの喜び具合を思い出すと、今日にも、事件は解決するのではないか。私は、そんな期待を持ってしまうのだ。

その時、部屋の明りが、急に、落ちて、うす暗くなった。

天井の蛍光灯は、はめ込み式になっている。新しい電灯と取り替えればいいのだが、予備がなかった。

私は、テレビや、ノートパソコンなどを買っている近くの電気店に、電話した。

幸いに、すぐ来てくれると、いう。

やってきたのは、なじみのおやじだった。

「4Kテレビは、素晴しいですよ」

と、いいながら、作業を始めた。古いなじみなので、私は、テレビやパソコンや、洗濯機などを、駅近くの大型店で買わずに、このおやじの店で買っていた。

踏み台に上って、作業していたおやじが、

「あれ？」

と、声を出した。

「どうしたんだ？」

私は、ソファに座ったまま、見上げた。

「こんな趣味があるとは、知りませんでしたよ」

「何のことだ？」

「今、盗聴器の問題がありますが、自分のマンションに、盗聴器をつけたって、仕方がないでしょう」

と、おやじが、小さな箱みたいなものを、手でつまんで、私を見ていた。

「盗聴器？　何のことだ？」

「この明りの脇に、この盗聴器が、取りつけてあったんですよ。その取りつけかたが乱暴だったので、明るさが落ちたんですよ。このままだと、切れますね」

と、おやじは、いい、踏み台から下りて、私に小さな盗聴器を、見せてくれた。

「私は、こんなものを、取りつけたりはしないよ」

と、私は、いった。

「じゃあ、誰がつけたんです？　心当りありますか？」

「あるような、ないような」

とっさには、わからなくて、私は、そんな返事をした。

「女性がらみだったら、用心した方がいいですよ。それから蛍光灯は、一応、取り替えておきました」

と、いって、おやじは、帰っていった。

その時になって、私は、背筋を、冷めたいものが、走るのを感じた。

4

私は、十津川警部が教えてくれた彼の携帯に電話した。

私が、盗聴器のことを話すと、

「すぐ行きます」

と、いった。

十津川は、今日は、亀井刑事ではなく、二人の作業員を、連れて来た。

十津川は、私の説明を聞くと、作業員二人を部屋に残して、私だけを道路に連れ出した。

「盗聴の恐れがあるので、ここで話しましょう」

と、十津川が、いった。

「でも、盗聴器は外しましたよ」

私が、いうと、十津川警部は、

「盗聴のプロは、複数の盗聴器を仕掛けておいて、その中の一台を、わざと発見させることが、多いのです。安心させておいて、盗聴するのです。今回も、犯人は、そうした手を使っている可能性があるので、用心したいのです」

と、いった。
五、六分して、二人の作業員が、出て来た。
「想像どおり、寝室に、ソケット式の盗聴器が取りつけてありました」

と、一人が、十津川に報告した。

「ご苦労さん」

と、十津川は、二人を帰したあと、私に向って、

「この近くに、カフェがありませんか？　そこで、今後の捜査について、話し合いたいので」

「それなら、部屋に戻って話しましょう。コーヒーぐらいは、私が、いれますよ」

「駄目です。盗聴されます」

「さっきの二人が、外さなかったんですか？」

「外しません」

「どうして？　取り外しに、あの二人を連れて来たんじゃないんですか？」

「二人は、探すために連れて来たんです」

「よくわかりませんが」

「この段階で、犯人を用心させたくないんです」

と、十津川は、いう。

そこで、私は、駅近くのカフェに案内した。

正直にいえば、私は少しばかり、びびっていた。

「誰が、何故、私の部屋に盗聴器を取りつけたりしたんですか？」

「そこまでは、わかりませんが、あなたが、えちごトキめき鉄道に乗っているとき、新井さんが死んだところに居合せた。それを、自分たちの雑誌に書いたでしょう。われわれ警察が注目したように、犯人も注目したんだと思います。あなたがえちごトキめき鉄道の車内で、何を見たか知りたいんだと思います。われわれ警察と同じようにです。だから盗聴器を設置した」

「簡単に取り付けられるものなんですか?」

「そうですね。五、六分あれば、可能ですよ」

と、十津川が、いう。

「しかし、いつ取り付けたんだろう?」

私が、首をかしげると、十津川は、笑って、

「あなたは、会社勤めをしているから、八時間は留守にしている。それに、あのマンションのドアの鍵は、一般的なよくある型式です。そんな鍵なら、プロは三分間で、開けてしまいますよ」

と、いった。

「鍵を変えないといけませんね」

私が、いうと、十津川は、小さく手を振って、

「今から、一ヶ月、今のままにしておいてくれませんか」

と、いい、続けて、

「幸い、犯人は、われわれが、盗聴に気付いたことを知りません。今から一ヶ月、今までと同じ形で生活して頂きたい。実際あなたは、事件について、ただ同じ列車に、

乗り合わせただけで、何も知らない。それが、犯人にわかれば、危険な目にはあいませんよ」

と、十津川が、いった。

「その間、私の安全は、本当に大丈夫ですか？」

「全力をつくして、確保します」

「どんな風にですか？」

「それは、あなたが、知らない方がいいと、思いますね。知っていると、そちらに視線を送るようになって、犯人に気付かれてしまう恐れがあります。そうなったら、あなたは危険になります」

「わかりました」

と、私は、肯いたが、内心は不満だった。

それに、刑事というのは、がさつな神経をしているなとも思った。

十津川は、犯人は、マンションの鍵を開けて、部屋に侵入し、盗聴器を取りつけたといった。それなのに、一ヶ月、鍵を替え変えないでくれといった。脅しておいて、怯えるなといっている。無神経だ。

しかし、翌日から、私は、自分の周囲が、少しばかり、変ってくるのを知った。

朝、会社に出かける時、いつものように、管理人が、

「行っていらっしゃい」

と、声をかけてくる。

(あれ?)

と思った。微妙だが、いつもの声と違うのだ。

ちらりと、眼をやる。よく似ている。が、別人なのだ。

マンションの前は、バス通りである。その通りの反対側に、駐輪場がある。制服姿の男がいつも、きちんと止めてない自転車を指定された場所に、並べかえているのだが、今朝も、その作業をしている。

それを見ながら、駅へ行くので、時々、

「ご苦労さん」

と、声をかける時がある。私自身、自転車を乱暴に扱って、時々、後悔していたからだ。

今日も、「ご苦労さん」と、声をかけて、行き過ぎようとして、

(あれ?)

と、思った。

制服姿の中年の管理人。だが、どこか違う。自転車の整理の仕方が、少しばかり、ぎこちないのだ。

それでも、立ち止って確認することはせず、駅に向って、歩いていった。

（駅の風景も、違っている）

と、感じたが、どこが違っているのか、わからなかった。わかったのは、帰宅の時である。

（監視カメラが、増えている）

と、気がついたのだ。

私のために、増やしたのかどうかは、わからない。

私は、十津川という警部を、少しだけだが信用することが出来そうだと思った。

しかし、そのことは、十津川警部には、いわなかった。

第二章　合同捜査

1

新井健一が死んだのが、えちごトキめき鉄道の泊駅だった為に、捜査は当然、富山県警が担当する事になった。

しかし、亡くなった新井健一が東京の人間であり、一年前まで警視庁の刑事だったということで、合同捜査になった。その打ち合わせの為に富山に行く事になった十津川に向かって、三上刑事部長がいった。

「向こうが、五年前の副総理殺人事件に、触れなかったら、君もその件については何も言うな。五年前の副総理殺人事件について、富山県警と捜査する訳じゃないからな」

「わかりました」

と、十津川は頷いた。三上刑事部長の念押しは、よくわかった。

五年前、副総理が殺された事件である。東京で起きた事件だった為に、警視庁の単独捜査になったが、五年かかっても、犯人は逮捕されず、迷宮入りの声が上がっている。そんな、いわば屈辱的な事件について、富山県警に話をする必要が無いというのが、三上の本音なのだ。それは、十津川も同じだった。

十津川と亀井の到着を待って、富山県警本部で、捜査会議が開かれた。十津川はその席で被害者の新井健一が、一年前まで警視庁の刑事だった事は話したが、五年前の副総理殺人事件の担当刑事だった事は言わなかった。

ただ、富山県警の捜査一課長が、

「被害者が警視庁を辞めた理由は、何だったんですか？」

ときいたことに対しては、

「彼には、一匹狼的なところがありまして、それが障害になって、自ら辞めることになったんだと思います」

と、十津川は説明した。

「警視庁を辞めて一年間、何をしていたんでしょうか？」

という、質問もあった。

「長い間、警視庁で働いていたので、辞めて一年間ぐらいは、のんびりと暮らすつもりだったんじゃないでしょうか。一応、無職になっていますが、彼の友人が私立探偵をやっていたので、新井健一も、警視庁を辞めた後、私立探偵を始めるつもりだったという話を、聞いた事があります」

と、十津川は、いった。これは嘘ではなかった。幸い、五年前の事件について十津川に質問する県警の刑事はいなかった。

捜査会議の後、十津川は土屋という三十代の警部を紹介された。県警で、今回の殺人事件を担当する警部だという。

その若い警部が、

「この近くに、若い刑事たちがよく行くカフェがあるんですよ。そこで、打ち合わせをしませんか？」

と、十津川たちを誘った。なんでも、ママさんが若く美人で独身なので、若い刑事たちは、その店で捜査の打ち合わせをするのを、喜ぶのだという。

行ってみると、確かに、ママさんは三十代の美人だった。ショートケーキが美味《うま》いと言うので、それを注文し、コーヒーを飲みながらの話になった。

最初の内、土屋は富山の路面電車の話をしたり、昔から富山は薬で有名なので、今も薬膳料理が流行《はや》っていて人気がある、といった話をしていたが、しばらくすると突然、

「五年前の副総理殺人事件のことですが」

と、いった。余りにも突然にその言葉が飛び出して来たので、十津川が応答に窮して、黙っていると、

「やはり、今回の合同捜査で、五年前のあの事件を持ち出すのはまずいですか？」

土屋が、きいた。

「別にまずくはありませんが、今回の事件は関係ないと思いますね。だから言わなかっただけで」

十津川はいい、間を置かずに、

「何しろ、一年前に警視庁を辞めた人ですから。現在無職の人間として、捜査した方がいいと思っています」

と、あまり説得力の無い言葉に、なってしまった。

「そうですか。確かに、警視庁としては、そういう捜査の方が無難でしょうね」

土屋が、いった。

十津川は思わず、土屋の顔を見た。土屋が微笑した。

「大丈夫ですよ。上の方には、この件は話しません」

と、いう。

「県警本部長も、捜査一課長も、本当に五年前の事件との関係を、知らないんですか？」

と、十津川が、きいた。

「全く知りませんね。何しろ五年前の事件は、警視庁だけで、捜査していたんですよね。我々はもちろん、副総理が殺された事件は、知っていましたが、それをどこが、捜査しているかは知りませんでした。それに、五年も経っていますから、本部長も捜査一課長も、覚えていませんよ」

と、土屋は、いった。

それに対して、十津川は三人だけの席だが、自分の考えをはっきりと、土屋警部に伝えることにした。

事件のあったえちごトキめき鉄道のワンマンカーには、全部で十一人の乗客が乗っていた。その中の一人が、殺された新井健一である。一年前に警視庁を辞めた新井は、辞めた後も、五年前の事件を調べていたふしがあった。今回、ワンマンカーに乗っていたのも、彼の捜査の続きだったのだろうと、十津川は考えていた。そして、ワンマンカーの車両の中で、誰かに殺された。という事は、その誰かは、明らかに五年前の事件に関係がある人間で、新井健一が刑事として追いかけていた容疑者の一人に違いなかった。

だが、それが十一人の中の誰かが、はっきりしない。その車両には十津川たちも富山県警の土屋警部も乗っていなかったからである。

「そのワンマンカーにたまたま乗っていた、鉄道ファンの、木村文彦というサラリーマンが車内の写真を、撮っています。しかし、全員の写真を撮った訳じゃなくて、殺された新井健一を含めて四人の乗客しか、カメラには、写っていません。これが、その写真です」

十津川は、持って来た写真を土屋警部に見せた。富山県警の本部長にも、捜査一課長にも見せていない物だった。

「もし、この写真が、必要であれば、あなたから、本部長に渡して下さって、結構ですよ。この写真は、木村文彦に頼んで、『鉄道は友達』という自分たちの雑誌に、発表して貰うことになっています」

と、十津川は、いった。

近々発表される予定の写真だから、三上刑事部長も、十津川の行動に、文句は、いわないだろう。

「それでは、ここに写っている四人、いや殺された新井健一を除けば三人ですか。この三人について、早速調べてみます。地元の人間なら、簡単に身元がわかるでしょう。わかったら、一応上司に報告してから、十津川さんにも知らせます」

と、土屋は、約束し、そのあとで、土屋が、いった。

「この写真を撮った、木村文彦というサラリーマンは、危険じゃありませんか?」

「多分、犯人も木村文彦が、雑誌に発表した文章を見たんでしょうね。彼が、会社に行っている間に、彼のマンションの部屋に、盗聴器を取り付けています。犯人がどう出るかわからないので、盗聴器はそのままにしてあります。それに、マンションには若い刑事を二人、ガードに付けさせていますから、さほど、危険は無いと思っています」

その後、土屋警部の要請で、五年前の事件について、三人で話し合った。

五年前の十月十日に起きた事件である。その頃、後藤恵一郎を総理とする後藤内閣が生れていた。少しばかり保守的だったが、圧倒的な多数を持って、安定的な政治を行っていた。その時の副総理兼外務大臣が、平間剛《つよし》、六十歳だった。

平間剛は、平間一族と言われる政治家一家に生まれたが、外務省でキャリアを積み、後藤内閣に強く乞われて入閣した。後藤総理が、もし病気などで倒れた時は、平間剛がそのまま総理大臣になって、平間内閣を、作るだろうともいわれていた。が、誰もが、後藤内閣が簡単に倒れるとは思っていなかった。

そして、五年前の十月十日、突然、平間剛副総理が殺されてしまったのである。

2

その日は、アジアでの外遊を終えた平間副総理の、帰国報告会とパーティーが開催された。会場となったNホテルのトイレで、パーティーの最中に、平間副総理は何者かに射殺されたのだった。目撃者はいなかった。

捜査に入って、最初に十津川を苦しめたのは、副総理の交際の広さだった。

政治家は、その出発が、だいたい、ある団体か、業界の代表者という形になるので、交際範囲が、決ってしまうのである。

だが、平間副総理の場合は、平間家という名家の出身だけに、最初から、交際範囲が広かった。

その上、政治家には珍しく、ピアノを弾き、絵を描いた。政界第一の文化人ともいわれた。

英語も達者だったから、通訳がいなくても、外国人と親しくなった。そのため、外国人の間で、日本の政治家の中で、一番わかりやすい英語を使うのは、平間副総理だといわれたこともある。

そんな平間副総理である。

「確か、平間副総理は、亡くなる二年前に、夫人を亡くしていましたね」

と、確認するように、土屋が、きく。

「そうです。独身でした。それを楽しんでいるようなことを、新聞記者に話してました」

「大変な、文化人というのか、趣味人だったそうですね？」

「そうです。政治家の中では、珍しく、趣味の広い方で、ひとりで、大きなクラブに行き、そこに置かれたピアノを弾いたりしていました。かなりの腕で、副総理がピアノを弾いているまわりを、武骨なＳＰが囲んでいる。そんな光景を、私も見たことが、あります。また、その店に知人がいたりすると、コースターに、似顔絵を描いたり、ママやホステスの分も、描いて渡して、喜ばれていましたよ」

「さぞ、人気が、あったでしょうね？」

「大変な人気でした。そのため、捜査の最初には、動機が見つからなくて、弱りました」

「しかし、あまり人気のある政治家は、そのため、同じ政治家仲間には、嫌われるんじゃありませんか」

土屋は、機転を、利かせてくる。

「確かに、そういうことも、ありますね。選挙になると、候補者は、みんな、人気のある平間副総理に応援に来てくれと頼んでいましたが、時には、集った観衆が、主人公の演説には拍手せず、応援の、平間副総理に拍手して、応援にならなかったという話も聞いています」

と、十津川は、いった。

「何となく、わかりますね。五年前の、十月頃は、どうだったんですか？　後藤総理と、平間副総理との間では、どうだったんですか？　当時、仲が悪かったという記事を、読んだ記憶が、あるんですが」

と、土屋が、いう。

十津川は、笑って、

「私も、そんな記事を読んだことがありますよ。記者というのは、よく、意地悪く、見ますからね。しかし、政治家同士の関係というのは、わかりません。本音がわかりませんから。二人の仲が悪かったという記事も、あったし、平間副総理の後押しがあったから、後藤内閣が、生まれたんだという声もありましたから」

「しかし、平間副総理が亡くなっても、もう、五年間、後藤内閣は、続いていますね」

「そうですね」

「平間副総理の支えがなくとも、五年間、続いたことになりますね。確か、後藤総理の任期は、あと一年でしたね？」

「そうです。五年前に、平間副総理が殺された時は、これで、後藤内閣は、潰れるんじゃないかといわれましたが、逆に、平間副総理が亡くなって、ライバルが消えたために、後藤内閣が、今も続いているのだという新聞記者もいます。どうにも、政治の世界は、よくわかりません」

「事件が解決しないのは、そのせいですか？」

「言いわけには、使えますが」

と、十津川は、苦笑した。

「五年間に、何人の容疑者が、浮かんだんですか？」

「何人も浮かびましたよ。多過ぎる数です」

「その中に、政治家もいたでしょうね？」

「もちろんです。平間副総理と犬猿の仲だといわれる政治家を、まず調べました」

「その政治家たちに、何か特徴がありますか？」

と、土屋が、きく。

「これは、政治家全般の特徴ですが、とにかく、のらりくらりで、時には、こっちにお説教する政治家もいますね。とにかく、怪しいのだが、動機がわからない。平間副総理との仲が怪しいが、と、いって、平間副総理がいなくなっても、あまり利益は受けないだろうという、政治家ばかり、なんですよ」

「つまり、小者ばかり、ということ、ですか？」

土屋が、意地の悪い顔を作る。

「しかし、未来の大物かも知れませんから、粗末には、扱えませんよ」

と、十津川は、笑いながら、いった。

「平間副総理を超す若い政治家は、いるんですか？」

「何人かいるなとは、思いました」

「その何人かは、平間副総理殺しの容疑者ですか？」

と、土屋が、きく。

「確かに、若くて優秀な政治家にとっては、平間副総理の存在は、超えなければならない壁ですからね。しかし、優秀な若手は、普通、殺そうとは、考えずに、平間副総理から学ぼうと、考えますね」

「政治家以外にも、容疑者はいたんですか？」

「もちろん、政治家以外にも、何人もの容疑者は浮かびました。これは、私の考えなんですが、後藤総理大臣も、平間副総理もふくめて、今の政治家は道理と正義で、政治を動かしているのではなくて、コネで動かしているのではないか。そんな風に思う時があるんですよ。これは、私だけじゃなくて、何人もの人が、同じ事を口にしています。まるで時代劇みたいな、有名な台詞《せりふ》があるじゃありませんか。『おぬしも悪《わる》じゃのう』って。

コネを使って政治を動かしていた。そんな感じがする時が、あるんです。そういう時には金が動いたり、利権が動いたりしますからね。つまり、政治家とコネを持つ別世界の人間ということです」

「そういえば、都内にあった外務省の研修所が改修するよりも、新しい研修所を作るという事で、自由が丘にあった古い研修所を売却して、もっと都心に近い所に、新しい研修所を設けるという話でしたよね。太陽建設に売却されたんじゃなかったですか？」

と、土屋が、いった。

「そうですよ。その太陽建設の社長が、平間副総理の親戚筋にあたるとわかって、国会で問題に、なりました」

「確か、自由が丘の土の下に、何とかいう活断層が走っているので、安く売却したという弁明を、聞いた事がありますが」

「それが問題になりましてね。日本はどこにだって活断層が走っているから、それを理由にあの土地を安く太陽建設に売るのはおかしいと、野党からの疑問で揉めたんですよ」

「しかし、だからといって、安く土地を手に入れた太陽建設の社長が、容疑者になった訳じゃないでしょう？」

「もちろん、容疑者として浮かんだのは、平間副総理の個人秘書の一人です。その個人秘書は、現在、太陽建設で、専務をやっていますが」

「なるほど。政治家が殺されると容疑者は一人かもしれないし、何十人かもしれないという事が、わかってきました」

土屋が、いった。

3

十津川は次の日、新幹線で東京に帰った。

東京駅に着くとまず、木村文彦のガードにあたっている刑事に電話して、無事を確認した後、警視庁に戻り、三上本部長に、富山県警での捜査会議の報告をした。

三上本部長は、彼らしく、まず富山県警の捜査の方向を、きいた。

「今のところ、えちごトキめき鉄道の中で起きた殺人事件を、五年前の副総理殺人事件と結び付けて考えている様子は、ありません。私の方も、殺された新井健一は、あくまでも警視庁を辞めた一般人だという事を、強調しておきました」

十津川は、その後、土屋警部について、話そうと思ったが、報告は、打ち切った。たぶん、土屋警部の事を話せば、三上本部長は心配するに、決まっていたからである。

一日置いて、富山県警から報告が入った。十津川が土屋警部に渡しておいた写真の件である。

木村文彦が、えちごトキめき鉄道のワンマンカーの車内で撮った写真、そこには、十一人の乗客の中の四人が、写っていた。その一人は、殺された新井健一であり、もう一人は、彼と写っていた中年の男。あとの二人は、バラバラに写っていて、男一人に、女一人。その三人の身元が、わかったという報告だった。

ファックスで送られて来た報告書は、次の様だった。

名前も住所も、書かれていた。

1　渡辺信一郎　七十四歳

泊で菓子店をやっている。問題の日の前日、直江津の親戚家で所用があり、一泊して、その帰りだった。

2　高橋知之　四十八歳

直江津でコンビニを経営している。

この日は、泊にいる甥の結婚祝いだった。

3　近藤由美　三十六歳

泊に住む専業主婦。直江津の親戚を訪ねて行き、その帰りだった。

これが土屋の報告だった。

高橋知之が、新井と写っていた中年男だった。偶然、同じ写真に収まっただけで、新井との面識はないという。

　この回答を見る限り、この三人には怪しい所は無いように見える。問題は、木村文彦がカメラで撮らなかった、他の乗客たちである。

　全部で十一人だが、今回報告されて来た三人と木村文彦本人、それに殺された新井健一で計五人。写真に写っていないあとの乗客は六人である。その六人の中に、新井健一を殺した犯人はいるのだろうか。とにかく、泊行きの普通列車だったから、その六人も一旦は泊駅で、降りた筈である。

　写真提供者の木村文彦は、千駄ケ谷《せんだがや》の駅近くにある、ＡＩ関連会社で働いているサラリーマンである。もう一度写真の事を確認したくて、十津川はその会社に、電話した。

　木村文彦に電話に出てもらい、

「今日、出来れば、こちらに寄ってもらえませんか？」

　ときくと、木村は、

「今日はちょっとマズいんで、明日ではいけませんか？」

　と、きいてきた。その言葉で十津川は、木村が同じ会社に、好きな女性がいるような事を、言っていたのを思い出した。

「それでは、明日で、結構ですからお願いします」

といって、電話を切った。

翌日、木村文彦が会社の帰りに警視庁に寄ってくれたので、十津川はもう一度写真について話をした。

まず、木村が写真に撮った三人の男女について身元がわかった事を、十津川は伝えてから、

「残りは六人です。その六人の中に、一人か二人、印象に残っている人はいませんか」

と、十津川が、きいた。

「私も、一生懸命考えているんですが、子供が一人いたのを思い出しました」

と、木村が、いった。

「何歳ぐらいの子供ですか？」

「四、五歳の男の子だと思います。元気よく通路を走り回っていたのを覚えています」

と、木村が、いう。

こんな場合、一番信頼できるのは、車掌の証言だが、ワンマンカーだから、車掌は

いない。鉄道ファンで、カメラを持っていた木村の証言を信じるほかないのだ。

「と、すると、親が一緒だったのかも知れませんね」

と、亀井が、いった。

木村は、それに肯いて、

「そうですね。通路を走っていて、転びそうになったのを見ましたけど、ひとりで、乗っていたとは、思えません」

「その子は直江津から乗ったんですね？」

十津川が、きく。

「そうです。私を含めて十一人全員が、直江津で乗っています。途中の駅では、乗らないんじゃありませんか。乗らないし、降りない。いってみれば、直江津—泊の直通みたいなものですよ。途中の小さい駅には、用が無いんじゃありませんか。そうして、だんだん駅が少なく、なっていくんです。無人駅になって、秘境駅になって、廃駅になるんです」

木村は、いかにも、鉄道ファンらしい、いい方をした。

十津川は、木村のそんな感想よりも、乗客の確認の方が重要なので、

「その子は、直江津で乗って、泊で降りたんですよね？」

と、重ねて、きいた。

「そうです。間違いありません」

「その間、一時間二十分ですね？」

「そうです。それを考えれば五歳ぐらいの子供がひとりで乗っていたとは、思えません」

と、木村が、いった。

十津川は、これで不明だった六人の乗客の中の二人は、五歳前後の男の子と、その親と考えることにした。少しばかり強引だが、とにかく、捜査を進める必要があった。あと四人。

その四人の中に、新井健一を殺した犯人がいるのではないか。十津川は、そう考えてみた。そこで十津川は、富山県警の土屋警部に電話をした。

「残りの六人の中に、五歳ぐらいの子供を連れた親子二人がいると考えると、残り四人です。その中に新井健一を殺した犯人がいるものと思われます。そこで、土屋さんにお願いですが、昨日教えて頂いた三人の男女ですが、地元の人間らしいので、この三人に会って、残りの四人について何か知っていないか、聞いてもらえませんか。もし、この残りの四人の中に怪しい人間がいれば、それが新井健一を殺した容疑者ですから」

と、十津川は、いった。

翌日、土屋警部から早速、電話があった。

「例の三人に会って、残りの四人について聞きました。その時に、三人の内の七十四歳の老人が、『自分の席の近くに、中年の男女が腰を下ろしていて、女性の方が例のトンネルの中の駅に停まった時に、気分が悪くなったと言ったところ、連れの男が薬を飲ませていました。たぶん女性に何らかの持病があって、その為の薬を、いつも持ち歩いているんじゃないか。そんな気がしました』と証言してくれました。それで今、えちごトキめき鉄道の直江津から泊までの間で持病を持った女性と、その連れの男性、二人とも中年の男女ですが、その二人が問題の日に、問題の列車に乗っていなかったかどうかを、調べています。分かり次第報告します」

翌日、土屋警部から、今度は、ファックスが送られて来た。

「問題の二人についてわかりましたので、報告します。安藤博、四十五歳。妻、節子、四十歳。二人とも泊に住む夫婦で、妻の節子の方に心臓の持病があり、月一回直江津の病院に、定期診断を受けに行っている。当日は、その帰りで、車内で妻の心臓病の発作が起きて、夫の安藤が心臓病の薬を飲ませた事がわかりました。あと二人です。

頑張りましょう」

送られて来たファックスにはそんな言葉が並んでいた。

ファックスの最後に「頑張りましょう」とあった事に十津川は、つい笑ってしまった。確かに残りはあと二人である。もちろん、その中の一人、あるいはその二人が新井健一を殺した犯人かどうかは、まだ断定できない。しかし、可能性はある。とにかく、もう少しで小さな勝利は摑めると、十津川は感じた。

それから二日して、今度は、

「同窓会をやりたいので、協力してもらえませんか」

と、土屋警部が電話でいってきた。

「同窓会――ですか？」

「あの日、問題の車両に乗っていた乗客たちの同窓会ですよ。いわば、生き残りの乗客の同窓会です。容疑者は出席しないでしょうが、他の乗客たちが、話し合えば残りの二人のことも、何かわかるかも知れません」

と、土屋が、いう。

「なるほど。乗客は、地元の人の方が多かったようだから、プランは、土屋さんが作って下さい。場所と日時がわかれば、こちらは、写真を撮った、木村さんを連れて行きます」

と、十津川も、賛成した。

土屋のプランは、上手くいきそうな気がした。

問題の列車は、十一人の乗客を乗せて、直江津から、泊まで一時間二十分走っている。その間、乗客の乗り降りはなかった。いやでも、乗客同士、何か記憶していることが、あるだろう。

時間は、意外にかかって、一週間後に、富山県警本部に集まることになった。

いかめしい県警本部が集合場所になったのは、何といっても、捜査の一つなので、県警本部の許可が、必要だったからだろう。

4

十津川は、亀井と木村文彦を連れて、富山に向かった。

今日は、北陸新幹線を使った。

えちごトキめき鉄道を使うと、自然にのんびりした旅行になるが、新幹線に乗ると、嫌でも、忙しい旅行になる。

（旅行の質が違うのだ）

と、十津川は、改めて感じた。

富山県警本部には、木村を含めて、七人が集まった。本来なら、八人なのだが、五歳の子供は、カゼをひいて寝ているのだという。

問題の二人は、やはり、来ていなかった。

最初に、土屋警部が、十津川にその説明をした。

「名前も住所もわからないので、連絡の仕様が、なかったんですが、それでも、何とか出席して貰おうと、同窓会のお知らせというポスターを私が作りました。それをコピーして、えちごトキめき鉄道の全駅に貼っておいたのですが、残念ながら、あとの二人は、出席して貰えませんでした」

会が始まると、土屋は、そのポスターを、全員に配った。

いかにも、手造りの感じのポスターである。

「私たちの乗った車内で、殺人事件が起きたのは、悲しいことですが、生きていることの日の乗客十人が集まって、その幸運を祝おうではありませんか」

と、書かれている。

参加者には、記念品贈呈とも記されていて、「富山県警本部」と「えちごトキめき鉄道」の共催になっていた。

記念品は、事件当日の日付の入った、直江津駅発行の泊駅行の乗車券だった。

こんなことでも、集まった人たちは、結構楽しそうだった。

県警本部は、警察の中では、窮屈だろうと配慮したのか、親睦会の方は土屋警部が愛用している例のカフェで開かれることになった。

まず、木村文彦が撮った写真二十六枚を大きく引き伸ばしたものを、カフェの壁面に、ピンで止めていった。

二十六枚全てが、乗客を撮ったものではない。というより、その方が少なかった。何しろ、木村文彦がアマチュアの鉄道ファンで、問題の日、初めて、えちごトキめき鉄道に乗ったのだという。

だから、乗客を撮るより、駅や車窓の景色を撮ることに夢中になっていたとしても、無理はなかった。

それでも、二十六枚の写真を見ると、七人は、勝手に、あの日の一時間二十分について、喋り始めた。

美人のママさんも、店を臨時休業にして、名物のケーキとコーヒー、紅茶を提供してくれた。

十津川も、土屋も、しばらくは、七人に勝手に喋らせて、質問はしないことにした。問題の二人の乗客について、無理に質問をすると、ゆがんだ答えが返ってくる恐れがあるからだった。

十津川も、亀井も、土屋も、ほとんど口を挟まず、聞き役に廻った。

ママさんも、話に加わったが、それも止めなかった。彼女は、ふだんは、車を使っているが、それでも、えちごトキめき鉄道に乗ることもあるという。

夕方になって、ママさんが近くの食堂に夕食を注文してくれた。

飲みたい人には、ビールが出た。

飲めない十津川は、ママさんに頼んで、アルコールゼロ飲料にして貰った。ひとりだけソフトドリンクでは、雰囲気を固くしてしまうと、思ったのだ。

少しずつ、席が乱れてくる。

突然、大きな男の声がした。

「あれ！」

と、いう。

「あのカップルは、来てないんだなァ」

と、勝手に、大声を張りあげている。高橋知之だった。

十津川は一瞬、声をかけようとして、我慢した。

もう一人の男、子供の父親の声がした。

「愛想の悪い、背の高い男だろう。でも、女の方は、美人で愛想が良かったよ。おれに、缶ビールをくれたから」

十津川は、さらりと、土屋警部に眼をやった。

それを待っていたように、土屋が、二人の男に声をかけた。

「その妙なカップルですが、二十六枚の写真に写っていますか？」

ちょっと間をおいて、男二人が、いった。

「どれにも、写ってないなあ」

「写ってないよ」

十津川が、二人の男を別のテーブルに連れていって、話を聞くことにした。

「そのカップルは、何歳くらい、どんな感じでしたか？」

「男は四十代で、女は三十くらいかなあ。とにかく、男は、無愛想でしたよ。地元の人間じゃないと思ったんで、東京から、いらっしゃったんですかと、声をかけたのに、返事もしなかった」

「しかし、連れの女は美人で、愛想が良かったよ。二人で車両の一番端に、隠れるように、座っていたから、目立たなかったけど」

土屋が代わって、質問した。

「どんな美人でした？」

「細身で、何というのかな。都会的って、いうのかな。田舎にはいないタイプの美人ですよ」

「あなたに、缶ビールを、おごってくれたんですね？」

「おれだけじゃないよ。子供がいたでしょう。通路を走ってた。あの子には、缶ジュースをあげてましたよ」

その言葉で、三人の刑事が小さく肯き合った。

新井健一は、三月十三日に、泊駅で死んだと発表されているが、最初は、死因はあいまいに発表されていた。

実際には、司法解剖の結果、青酸中毒死と、わかっていた。胃にビールが残っていたから、青酸カリを、ビールに混ぜて、飲んだ、或いは飲まされたと考えられていたのである。

それが、やっと、他の人間に、飲まされたらしいと、なってきた。

（愛想がいい、細身で都会的な美人か）

もう少し、手がかりがほしい。

「瘦《や》せていて、都会的な美人ということは、わかりましたが、他に何か特徴は、ありませんか？」

と、十津川が、二人にきいた。

「他に、か――」

と、男の一人がもたついているのを見かねたのか、他のテーブルから、近藤由美が、近寄ってきて、

「本当に、おしゃれな人ですよ」

と、いった。

「どんな風に、おしゃれなんです？」

「白と黒のツートンの、何かのスタイルブックで見たことがあるんですよ。フランスかどこかの有名な。私なんか、とても手が出せないけど、いつか一回は、着てみたいと思ったことあるんですよ」

と、一生懸命に、説明する。

「シャネルじゃないの？」

と、土屋が、助け舟を出すと、近藤由美は、ニッコリして、

「そうですよ。シャネルですよ。私は雑誌でしか見たことがなかったけど、あの時、初めて、実物を見たんですよ。高いですよ、あれ。白と黒のツートンで、ボタンが金色で」

近藤由美は、やたらに、興奮していた。仕方がないので、十津川が口を挟んだ。

「あの日は三月十三日だから、まだ寒かったでしょう。このカップルも、コートを着てたんじゃないですか？」

「寒かったけど、車内は、あったかいから、乗るとすぐ、みんなコートを脱いでいましたよ」

と、男が、いった。

それで、木村文彦の写真に写っている乗客は、コートを着ていないのだ。

最後に、十津川は、集まった七人に、協力して貰って、問題のカップルの似顔絵を作ることにした。

顔と全体像である。

しかし、飲み物をくれたとはいえ、今日まで思い出されることがなかったカップルである。顔の印象は、薄かった。

全体像の方が、カップルの特徴が、よく現れていた。

男の方は、やせて、背が高く、女が細身だったからである。

もう一つ、十津川は、女の服装も書いて貰うことにした。これには、近藤由美が、積極的に協力してくれた。

十津川も、殺人事件の捜査で、帝国ホテルの名店街に入った時、シャネルの専門店で、白と黒のドレスを見たことがあった。

スカートだけで八十万円、上衣と揃えると百五十万円と聞いて驚いたが、その時、更に驚いたのは、翌日、売れてしまったと聞いた時である。

(細身な美人も、シャネルのドレスを簡単に買える女なのだろうか?)

と、十津川は、ふと考えた。

(平刑事だった新井健一には、似合わないが、五年前に殺された平間副総理には、似合うかも知れない)

「同窓会」は、午後八時に散会した。

地元の人間は、家に帰り、十津川と亀井は、木村文彦が、この日の中《うち》に東京に帰りたいというので、同行することにした。

やはり、十津川にしてみれば、木村文彦の身辺は、心配なのだ。

だから、今日の「同窓会」についても、東京に帰ったら、記者会見して、発表するつもりだった。

土屋警部の方も、同じように、記者会見することになっていた。

全てを明らかにしても、木村文彦の安全を、確保するつもりだった。

木村も、少し酔っていた。同窓会の楽しさが残っていて、話す言葉にも明るさがあったが、東京に近づくにつれて、酔いがさめてくると急に、不安気な表情になって、

「これから、どうなっていくんですか？」

と、前に座る十津川に、きいた。

「えちごトキめき鉄道の普通列車の車内で、三月十三日に殺された新井健一について、犯人が、逮捕、起訴されれば、それで全てが終わります」

と、十津川が、答えた。

「私のマンションに盗聴器がつけられましたが、あれはいつ取り外して貰えるんですか？」

「本日の同窓会で、容疑者が浮かんできたので、間もなく、盗聴器は、取り外すことになると思います。その必要がなくなりますから」

「本当に私は安全なんですか？」

「前より、はるかに、安全になりました」

「どうして、そういえるんですか？」

「新井健一殺しの容疑者が、浮かんできたからです。明日の記者会見で、あえて、この結果を発表するつもりでいます。容疑者は、あなたを見張るどころではなくなると思いますね」

「あのカップルは、いったいどんな連中なんですかね？」

と、木村が、きく。

「あなたは、どう思ったんですか？」

十津川は、逆にきいてみた。

「どうも、不似合いな気がしているんです」

と、木村は、いった。

「それは、どういう意味ですか？」

「殺された新井健一さんは、ずっと平刑事だったんでしょう。それに、一年前に退職して、無職だったんですよね。どうみても、金持ちとは思えない。それに対して、容疑者のカップルは、かなりの金持ちに見えます。特に、女の方は、あのシャネルのドレスを着ていたわけですよね。男だって、そんな彼女にふさわしい恰好をしていたと思います。このカップルを嫉《ねた》んで、新井健一さんが殺そうとしたというなら、納得するんですが、その逆でしょう？　どうにも、わからないんです」

「わかりませんか？」

「新井健一さんには、奥さんがいたんですか？」

と、木村の質問が、増えていく。

「既に、亡くなっています」

「きれいな娘さんが、いるんですか？　それとも、問題のある息子さんでもいましたか？」

「娘さんがいますが、独立していました。独身生活で、それを楽しんでいましたよ。自由でいいといって」

と、十津川は、いった。

「それなら、ますます、わからなくなりますよ。元刑事で、金もない男を、何のために、あのカップルが、殺すんです？　わかりませんね」

「いったい、どうしたんです？」

亀井が、口を挟んで、木村を見た。

「別に、どうもしませんよ。ちょっとおかしいなと思ったら、止まらなくなってしまったんです。それから、私の写真は、どうなります？」

「事件が、富山県で起きたので、向こうの警察に預けてきました。もちろん、事件が解決したら、すぐ、お返しするし、犯人逮捕に役立ったことで、報奨金も、支払われます」

このあと、報奨金の額についての話になったが、木村文彦は、最後まで、不安気な顔だった。

第三章　ある七十歳

1

十津川は東京に戻ると、五年前の十月十日に起きた副総理射殺事件について、もう一度、調べ直してみることにした。

とにかく内閣の副総理が射殺されたという大事件である。連日のようにマスコミが報道し、この事件に対して、警察は、延べ二十万人という大量の捜査員を、投入した。もちろん、そのために使われた捜査費用も膨大なものになっている。

捜査資料は、全て電子化されているので、見やすいことは見やすいのだが、それでも五年間にわたる捜査資料である。量が莫大な上に、さまざまな意見が、その捜査資料の中にはちりばめられているのだ。

狙われたのは現職の副総理だから、当然のことながら政治的な問題が絡んでくる。そうしたものは、努めて冷静に見ていかなくてはならない。

後藤内閣が発足したのは、五年前の一月十五日である。その時、後藤首相に請われて平間剛は、主として外交を担当することになった。

平間はもともと外務省の出身で、外交面が弱いといわれていた後藤首相のたっての要請で副総理として入閣した。

ところが、九ヶ月後の十月十日に、平間副総理は、射殺されてしまったのだった。その間、平間は、外交面で、これといった実績をあげていない。それなのに、何故、殺されてしまったのか？

事件を政治がらみとみる理由は次のようなものだった。

五年前の十月、韓国、中国やアジア諸国を回って、平間副総理が帰国した。韓国では向うの首相と会い、中国では、主席と会って、翌年春の韓国首相の来日、夏には中国主席の来日の約束を、取りつけて日本に帰ってきていた。その外交成果をねぎらうパーティーが、十月十日、都内のNホテルで行われたのだが、その時に、帰国早々の平間副総理が何者かによって射殺された。

両国首脳の来日は、後藤内閣のというよりも、平間副総理の外交的成果といわれたが、逆の見方もあった。まだ発表されていないが、韓国の首相や中国の主席相手に、過度の譲歩をして帰ってきたのではないかという噂もささやかれていた。

その平間副総理が、突然射殺されてしまったので、後藤総理は、韓国、そして中国と話し合って翌年の来日は中止になった。

実際に韓国、中国との折衝に当たっていた平間副総理が射殺されたこともあったが、もともと外交問題についての考え方には、後藤総理と平間副総理との間には大きな違いがあったともいわれ、そのための来日中止の要請だったのではないかという噂も流れた。

射殺犯の人間像について考える時にも、さまざまな意見が飛び出した。動機は、政治絡みか、個人的な恨みか。グループによる犯行か、個人による犯行か。動機は、やはり、政治絡みだろうという見方が強まっていった。

外交専門家としての資質を買って、後藤総理は平間の入閣を希望し、副総理として後藤内閣の外交問題を扱ってほしいという期待が持たれていたのだが、平間の軟弱外交ということで、保守側からの攻勢が大きくなっていった。

当時の新聞記事も捜査資料の中に入っていた。日本的な平和外交だと誉める論調もあれば、韓国、中国に対しての土下座外交と非難する新聞記事もあった。どちらもそれぞれに正しかったと、十津川は、読みながら思った。

韓国の首相とも中国の主席とも、今後のアジアの平和について話し合ったことは間違いなかったし、また逆に、韓国では慰安婦問題で、元慰安婦の人たちが老人になり、その憩いの家が韓国内にはいくつか建てられているのだが、わざわざそこを訪ねて、平間は、元慰安婦たちや、そこで働いている職員とも話し合っているのである。

また、中国では南京に開設された南京虐殺の記念館を、訪ねている。そうした行動が逆に土下座外交と非難されていることも間違いなかった。

平間剛は既に奥さんが病死しているので、この外遊の時、娘の平間かえで、二十五歳が、同行している。かえでは当時、大学院生だった。

新聞の中には、韓国で元慰安婦たちの憩いの家を訪ねた時、平間かえでが元慰安婦の手を取って、涙を流したという報道があったり、南京の南京大虐殺の記念館でも、彼女は涙を流したという報道があったりして、そのことも土下座外交だと非難を浴びた理由になったかもしれない。そのニュースが、韓国の新聞や中国の新聞に載ったからである。

こうしたニュース報道のせいもあって、捜査の初めは、この事件は政治絡みと考えられ、その線での捜査が先行された。

捜査の指揮を執ったのは警視庁副総監である。ただ、実際の指揮に当たったのは、今も刑事部長をしている三上だった。当時は刑事部長になったばかりで、やたらに、張り切っていた。

その後、捜査は壁に突き当たってしまい、三年後から迷宮入りの噂が立つようになった。捜査陣は縮小され、現在は二十人態勢になっている。その頃から捜査の責任者は、十津川になった。

捜査会議が何回、いや何十回も開かれたが、依然として、政治絡みの線は捨てきれない。平間剛は、日本全体でも旧家といわれる平間一族の一員だったし、個人的に恨みを持たれるような理由が、見つからなかったからである。

こうした捜査会議の雰囲気の中で、新井刑事だけが、少しばかり、変わった意見を持っていた。

現在も捜査会議の方向は、この事件は政治絡みで、グループによる犯行だという意見が多かったが新井刑事一人だけが、これは政治的な意図があるとしても、個人による犯行だと主張した。

捜査本部の捜査方針がグループ犯罪として、危険なグループを見つけ出すことに全力を尽くしているのに、新井刑事一人が個人による犯罪だとして歩き回っていた。

平間一族は、もともと京都の出身である。現在も京都の名家として、京都御所の近くに大きな屋敷を構えている。現在、この平間家の当主は、殺された平間剛の弟、平間悟《さとる》である。

この平間悟から、東京の捜査本部に、苦情が入ったことがある。所用があって、外出すると、刑事らしき人物に、尾行されて困るというのである。車で移動すると、その人物はタクシーでどこまでも尾行してくる。また、何かの会合に出席すると、その会場に、その刑事らしき人物が迷い込んできて、写真を撮られることがあって迷惑している。そういう苦情だった。

どうやら、その人物は新井刑事らしかった。

そこで、三上本部長から、新井刑事に対して注意があったのだが、新井刑事は突然、警視庁に辞表を出して辞めてしまったのである。それが今からちょうど一年前だった。

京都の平間家から、抗議があったので、平間一族のことを、十津川たちが簡単に調べた資料が残っていた。

平間一族というのは、千年以上も続く京都では古い歴史を誇る名門である。十津川たちが調べていくと、平間家というのは、どうやら朝鮮半島から渡来した貴族の末裔だということが、分かってきた。

朝鮮の三国時代、日本と親交のあった百済《くだら》は、新羅《しらぎ》や高句麗《こうくり》の圧迫を受けて、百済の王子が日本に逃げてきたという歴史的な事実がある。その百済を助けようとして日本が朝鮮半島に出兵したことがあった。斉明《さいめい》天皇の時代である。日本軍が大敗した白村江《はくすきのえ》の戦いもあった頃だ。

その百済から亡命した百済の豪族の系統だという話もあった。京都には、そうした渡来人の子孫という家柄が少なくない。秦《はた》一族もその一つだろう。現在でも、京都には秦という名前の旧家があるし、秦という地名も残っている。

平間一族も、そうした豪族の出身で、それが分かると、新聞の中には、

「そのために、平間副総理は韓国に弱く、慰安婦問題でも日本の主張を強くいえなかったのではないか」

そんな記事が載ったこともあった。

ただ、新井刑事がそうしたことまで踏み込んで調べて、五年前の事件の犯人の動機は個人的なものと、考えていたのかどうかは分からない。

そして、今回の、えちごトキめき鉄道での事件である。

新井刑事のやっていたことは、あくまでも個人的な捜査だから、彼が殺されたからといって、それを、重視する必要はないという空気も、警視庁の中にはたしかにあっ

た。

それでも、十津川は、今回の殺人事件が気になった。だから、現地にも行ったし、問題の写真を撮っていた鉄道好きの木村文彦というサラリーマンにも会って、いろいろと話を聞いたのである。

2

たしかに平間副総理の暗殺によって、日本政府の外交方針は変わったと、十津川も考える。

雑誌の中には、

「平間副総理の死亡は、たしかに悲しい出来事であるが、このことによって、日本の外交政策は正常に戻るだろう」

と、書いたものもあった。

この雑誌が、「正常」というのは、要するに強硬姿勢の外交ということだろう。事実として、翌年の春に予定されていた韓国の首相と中国の主席の訪日は、いずれも、中止されてしまった。

日本の後藤総理のほうから延期を要請したことになっているが、おそらく韓国も中国も、現在の状況の中で日本に行くのは、何の意味もないと考えて中止したというのが、本音だろう。

現在、日本と韓国、あるいは日本と中国の関係は、停滞してしまったままである。戦後最悪という人もいる。

このことを考えても、平間副総理の暗殺事件は、政治問題が絡んでいると考えざるを得ないのだが、新井刑事は、なぜ、最後まで、これは個人による殺人だと、主張し続けたのだろうか？

十津川は当初、新井刑事の主張は、五年前の事件を矮小化していると見ていたのだが、ここに来て、新井元刑事が突然殺されてしまい、十津川は、少しばかり自分の考えが揺らぐのを感じた。

新井が、一年前に警視庁を辞めてからもなお、個人的に事件のことを調べていることは知っていた。その新井元刑事が、突然殺されたのである。気になるし、軽視できないと、十津川は考えていた。

十津川が一日中、捜査資料と向かい合っているのを亀井刑事が、心配して、わざわざコーヒーを淹れて、持ってきてくれた。

「何か分かりましたか？」

と、亀井が、きく。

その質問に答える前に、十津川は、亀井が淹れてくれたコーヒーを、口に運んだ。

「喉が渇いていたので、ありがたいよ」

と、いってから、

「とにかく、この五年間に投入された捜査員が延べ二十万人、調べた人間の数が二万人だ。ただ、その二万人の中に、今回、新井元刑事を殺したと思われるカップルらしきものは入っていないようだ」

と、十津川が、いった。

「それにしても、新井元刑事は、何の用事があって、えちごトキめき鉄道の、普通列車に乗っていたんでしょうかね？　あの列車の終点は泊ですから、泊に用事があったのか、それとも、泊でまた列車を乗り換えて、どこか別のところに行こうとしていたのか知りたいですね。それが分かれば、捜査が一歩前進しますから」

と、亀井が、いった。

「その点は、向こうの県警に、調べてもらっているのだが、今のところ、何の答えも出ていない。何しろ本人が、殺されてしまっているからね」

十津川の机の上には、例の同窓会に協力してもらって作った、身元が判明していないカップルの似顔絵と、全身像が描かれたコピーが、置かれていた。

「それも今のところは分からないんだが、疑問の一つとしてあるのは、新井元刑事が、青酸中毒死したということなんだ。誰かから、青酸入りの飲み物を飲まされたと思うのだが、新井元刑事は、何の警戒もせずに飲んだと思われている節がある。車内では何の騒ぎも起こっていないからね。とすると、犯人に対して、新井元刑事は、何の警戒心も抱いていなかったことになるから、相手は、新井元刑事が調べていた容疑者ではない、もしくは、容疑者だと認識していなかったんだ」

「今までに、警察が調べた二万人の容疑者の中には、それらしい人物は、入っていないわけでしょう？」

「そうなんだよ。調べているのだが、それらしい人物は、二万人の中には入っていないんだ」

「もう一つ、五年前の十月十日の事件が、ありますよね。その時、平間副総理の外遊をねぎらう会が東京のNホテルで開かれていますが、今回の容疑者は、その招待客の中にもいないんですか？」

「その時に出席した招待客の名簿も分かっているし、全員の、顔写真もある。あの日Nホテルの鳳凰《ほうおう》の間で、まず午後六時から平間副総理の帰国報告会があった。それには、日本の政財界人も、各国の大使や公使も出席している。午後八時から隣の菊の間で、パーティーが開かれた。その途中で平間副総理は廊下に出て、七、八メートルの距離にあるトイレに行き、そこで犯人に射殺されている。そこまでは、はっきりしている」

「あの時、警護の刑事が責任を問われましたね？」

「ああ、そうだ。パーティーには四人の刑事が、平間副総理を警護するために付いていたからね。しかし、その刑事たちに内緒で、平間副総理は菊の間から廊下に出て、トイレに行っている。たぶん、いちいち身辺警護の刑事についてきてもらうのは申し訳ないと思ったのだろう。平間副総理という人は、普段からそういう気の遣い方をする人だったからね。だから、一人でそっと廊下に出て、トイレに行ったんだ。犯人はそれを知っていて、トイレの中で平間副総理を射殺している」

「その時、銃声は聞こえなかったんでしょう？」

「聞こえなかった。だから、犯人は消音器を手に入れ、それを拳銃に装着して撃ったんだろうと見られている」

「新井さんは、捜査ノートのようなものはつけていなかったんですかね？」

と、亀井が、きいた。

一年前までは同僚だったので、さっきまでは新井元刑事といっていたのだが、いつの間にか新井さんになっている。

「私もそう思って、新井さんには娘さんがいるので、その点を電話して聞いてみたのだが、新井さんは、捜査に当たってノートのようなものはつけていなかったらしい。いくら探しても見つからないと、娘さんはいっていた」

「そうでしたね。新井さんは、記憶力がいいのが自慢で、いつも捜査に当たってはノートなんか作っていない。大事なことは全部頭の中に入っていると自慢していましたから。こうなると、そのクセが壁になってしまいますね。ノートをつけていれば、あの日、新井さんが誰に会いたくて何の用事で、えちごトキめき鉄道に乗ったのかが分かるんですが」

と、亀井が、いった。

「そうなんだ。カメさんのいう通りだ。県警が、新井さんの何かを見つけてくれればいいんだが」

十津川もいつの間にか、新井さんといっていた。

十津川はもう一度、机の上のコピーに目をやった。それには、犯人と思われる問題のカップルの、似顔絵が描かれている。

一人は、背の高い四十歳くらいの男、サングラスをかけ、背広姿だった。連れの女は三十代か、細身で愛想がよかった。愛想がよかったというのは、同じ列車に乗っていた、いわゆる、同窓会の人々が、異口同音にいっていたことである。男は愛想が悪く、女は愛想がよくて、缶ジュースや缶ビールを勧められて、何の疑いも持たずに、飲んでしまったと証言する者が多かった。

女の服装は、高価なシャネルのツートーンを着ていたという。この女性が勧めるままに、新井元刑事は青酸入りの缶入り飲料を飲んでしまったのだろう。

その日の夜になってようやく、県警から連絡が、入った。新井元刑事が、泊の誰に会いに行くつもりだったのかは分からないが、泊のどこに行こうとしていたのかは分からなかったというのである。

3

翌日、十津川は亀井を連れて、泊に行くことにした。直江津からは、えちごトキめき鉄道の普通列車に乗って、終点の泊に向かった。事件と同じルートを使って、その感覚を、味わいたかったからである。

新井元刑事が殺されたのと同じ時間の列車に乗り同じ時刻に泊に着くと、ホームには、土屋ではなく、県警の向坂《さきさか》という刑事が待っていてくれた。彼も三十代の若い警部である。

「どうして、新井さんの行き先が分かったのですか？」

と、十津川が、きくと、

「実は、直江津で聞いたんですよ」

と、向坂警部が、いった。

「直江津駅で分かったんですか？」

「問題の列車のホームで駅員に聞いたそうです。亡くなった新井さんは、これから泊に行くのだが、そこに何とかという地名があるかと聞いたそうなのです。そのことを駅員が覚えていて教えてくれたのです。これから、その場所にご案内します」

と、向坂警部は、いった。

用意されていたパトカーに乗って、泊の町に入っていく。

そこは、何の変哲もない町の一角だった。数軒の家が、かたまっている。その中のどの家を、新井元刑事が、訪ねようとしていたのかは分からないが、役場で聞くと、その地区の五軒の家の中から一軒の家の住人が、事件の直後に、突然、引っ越してしまったと教えられた。

富永秀英《しゅうえい》という七十歳の老人が、一人で住んでいた家だという。奥さんは、すでに亡くなっている。十津川は、その周りの家の人たちから、引っ越していった七十歳の富永秀英という老人について、話を聞くことにした。

「もの静かでケンカもしないし、親切な方でしたよ」

近所の人たちは、異口同音に、いった。

そして生活は質素だが、旅行に行くことが多かったようだ、とも話してくれた。

富永秀英は、書道をやっていたらしい。近所の人の中に表札の文字を書いてもらったという人がいたからである。

問題は、なぜ急に、引っ越したのかということだった。住民票は役場にあったが、転居の申告はされていなかったから、どこに引っ越したのかが分からないのである。

近所の人に聞いても、何もいわずに、急に引っ越してしまったので、どこに行ったのかも分からないし、なぜ引っ越したのかも分からないと、これも、異口同音に、いうのである。

「事件の翌日に、引っ越していったので、事件と何か関係があるのかもしれませんし、ないのかもしれません」

向坂警部は、慎重ないい方をした。

そこで、県警に、家宅捜索の令状を取ってもらい、富永秀英という七十歳の老人が住んでいた家を、調べることになった。

平屋建ての古い造りの家である。六畳と四畳半の二間だけの家で、小さな庭が付いている。家財道具などは、残されたままだから、新居ではまた買いそろえるだけのお金を持っているのだろうか。

狭い家なので、県警の刑事たちに手伝ってもらうまでもなく、十津川と亀井、それに向坂警部の三人だけで、調べていった。

部屋には書道をやっていたことを思わせる筆や墨、あるいは書道関係の団体が出していた書物などがあったので、十津川が念のために、その書道関係の団体に電話をしてみたが、富永秀英という名前は載っていないという返事だった。

おそらく、富永秀英はプロの書道家ではなく、アマチュアの書道家だったのだろう。

「どうやら大事なものは、全て、焼いてしまったようですね」

と、向坂警部が、いった。

たしかに、台所の土間には、何かを焼いたような跡が残っていた。

テレビはあったが、パソコンが見当たらないのは、持っていったのか、はじめから持っていなかったのか。老人だからだろうか。家についている電話もなかった。近所の人たちが、富永さんは、ガラケーを使っていたというから、その携帯を持って、引っ越していったらしい。

老人の家には、たいてい古い写真とか手紙の類があるものだが、この家には、そういったものが全く見当たらなかった。一つもないのである。

台所には、冬に使う古い薪ストーブがあったから、おそらく、それで燃やしてから引っ越していったに違いない。というのは、現在の暖かさでは使わない薪ストーブに、何かを燃やした形跡があったからである。おそらく、かなりの量の手紙や写真を、燃やしたに違いなかった。

現在、富永秀英の引っ越し先は、分からないが、念のために泊にやってきた時のことを聞くと、富永秀英は五年前の暮れに、引っ越してきたという。そのことに十津川は注目した。五年前の十月十日に、東京で平間副総理が射殺されている。その年の十二月に富永秀英は、泊の町に引っ越してきたというからである。

役場の住民票を調べると、泊に引っ越してくる前は、東京の練馬区上石神井《かみしやくじい》のマンションに住んでいたことが分かった。

そこで、十津川はすぐ、東京の日下刑事たちに連絡をして、そのマンションを、調べてくるように指示した。

三時間後、日下から電話があった。

「それで、そのマンションに住んでいた頃、富永秀英は、どんな暮らしをしていたんだ？」

と、十津川が、きいた。

「マンションの近くに書道教室があるのですが、そこで時々、書道を教えていたそうです。ただし、正式な教師ではありません。臨時の講師です。生活費のほうは、年金で何とかやっていたようです。旅行などには、行っていなかったようです」

と、日下が、答えた。

「それで、面白いことが一つ分かりました」

「どんなことだ？」

「このマンションには管理人がいるのですが、今から一ヶ月前に新井元刑事と思われる男が訪ねてきて、このマンションに住んでいた富永秀英について、いろいろと聞いていったそうです」

「その時、新井さんは、どんなことを、管理人に聞いていったんだ？」

「それがですね、五年前に、東京で起きた平間副総理の射殺事件について、その頃、富永さんが、何をやっていたか、それを、熱心に聞いていったそうです」

「管理人は何と答えたんだ？」

「そういう個人的なことは、何も分からないと答えたそうです。管理人は時間制で、昼間しかいませんから、住人の個人的なことについては、あまり知らないようです。管理人がそういうと、新井さんは残念そうな顔で、帰っていったといっていました」

と、日下が、いった。

「分かった。引き続いて、そこに、住んでいた頃の富永秀英について調べを進めてくれ」

といって、十津川は、電話を切った。

県警の向坂警部が帰った後も、十津川と亀井は、もう一度、狭い部屋の中を調べて回った。その結果、新聞の燃えカスらしいものが見つかった。

富永秀英が、急いで手紙や写真などを台所で燃やした時、燃えカスが飛んで、洋ダンスの後ろにへばりついていたのである。

それを丁寧に広げてみると、五年前の十月十一日の朝刊の切れ端だということが分かった。

記事の方は、燃えてしまっていて分からないが、五年前の十月十一日の朝刊ならば前日の夜に起きた、あの副総理射殺事件の記事が載っていた筈である。たぶん、富永秀英は、その記事をずっと持っていて、今度は、慌ててそれを、燃やしてからどこかに引っ越していったのだろうと、十津川は想像した。

とにかくこれで、富永秀英という七十歳の老人が、五年前の射殺事件に、関心を持っていたことは分かった。

しかし、事件の時、彼が何をしていたのかは分からない。

新井元刑事は一人で調べていき、この富永秀英という七十歳の老人に行き当たったので、えちごトキめき鉄道で泊まで行き、富永秀英に会おうとしたのだろう。

だが、彼に会う前に、新井元刑事は、泊で何者かに毒殺されてしまった。

新井元刑事は、富永秀英に会いに行こうとしていた、まさにその日に殺された。それを考えると、彼を殺した犯人も、慌てて殺しに走ったことが想像される。

見方を変えれば、新井元刑事を、泊に住む富永秀英に、何としてでも会わせたくなかった人間が、いたことになる。

「そう考えていくと、新井さんの事件は、単なる殺人事件ではなく、何か大きな事件なのかもしれませんね」

と、亀井刑事が、いった。

「たしかにカメさんのいう通りその可能性は高いね。現在、五年前の射殺事件は、捜査が難航して迷宮に入りかけている。もしかすると、壁に突き当たっている事件の突破口になるようなことを、新井さんは調べていたのかもしれないね」

と、十津川が、いった。

「こうなると、富永秀英という人間が、五年前の問題の射殺事件の時、どこで何をやっていたのか、それをぜひ知りたいですね」

その答えは、その日の夜遅くなって、日下刑事からもたらされた。

「富永秀英ですが、当時六十五歳、アルバイトで都内の清掃をやっていました。主としてホテルの清掃を引き受けている会社がありましてね。そこの会社に、富永秀英は入っていたのです。今はホテルが増えたので、清掃会社も正社員だけではなくて、臨時のアルバイトもたくさん雇っているそうで、六十五歳の富永秀英も、その中に、入っていました」

と、日下が、報告してきたのである。

「そうすると、問題の十月十日に、富永秀英は清掃会社の指示で、Nホテルに清掃にいっていたのかもしれないな」

十津川が、いうと、

「その通りです。その点を、大手の清掃会社に確認したところ、十月十日の朝と夜の二回、Nホテル内の清掃を引き受けています。清掃会社から五十人の清掃員が派遣されていて、その中に富永秀英の名前もありました。間違いなく、警部がいわれたように、Nホテルに派遣されています」

と、日下が、いった。

「カメさん、明日の朝早く、東京に戻ろう」

と、十津川が、いった。

4

翌日の午前中に東京に戻ると、十津川は、日下に案内されて、問題の清掃会社に向った。会社は、本社が四谷三丁目にあるのだが、そこの事業部長に会って話を聞くと、

「最近は人手不足なので、臨時清掃員として六十代の人も多くなりました」

と、いう。

「五年前の十月十日ですが、この日、都内のNホテルに朝と夜、清掃員を派遣していますね？」

十津川が念を押した。

「ええ、五十名、朝と夜に清掃員を派遣しています。間違いありません。あの日、大

きな事件が起きてビックリしたのを、今でもよく覚えています。うちの清掃員も何人か、警察の調べを受けています。とにかく驚きましたよ」

と、事業部長は、繰り返した。

「その時、Nホテルに行った清掃員の名簿を見せてもらえませんか？」

十津川が、いうと、事業部長は、五年前の十月の名簿を持ってきて、十津川に見せてくれた。

十月十日のところを見ると、Nホテルに派遣された清掃員の名前が載っている。その中に間違いなく、朝と夜、富永秀英の名前があった。

「この人のことを覚えていますか？」

十津川が、きくと、

「あの事件の後、この富永秀英さんは、すぐ辞めてしまわれたのですが、それでも、この人には、記憶があるんですよ」

「それは、なぜですか？」

「富永さんは、書道を教えていたとかで字がうまくて、うちの会社が取引先へ手紙を出す時とか、宛名なんかも、この富永さんに書いてもらってことがありますからね。それで、覚えているんです」

と、事業部長が、いった。

「その他、何か記憶に残っていることはありませんか？　どんな小さなことでもいいのですが」

と、十津川が、重ねてきくと、

「そうですね」

と、事業部長は、ちょっと考えてから、

「十月十日の事件の時、Nホテルに派遣した五十人の清掃員のうち、菊の間と鳳凰の間の清掃に当たった十人が、警察から事情を聞かれています。たしかその中に、富永さんも入っていた筈ですよ」

「その後、部長さんは、警察から事情を聞かれた十人について何か記憶に残っていることはありませんか？」

と、十津川は、きいてみた。

「その十人のうち九人は、今でもうちで働いているのですが、富永さんだけは、事件の後すぐに、うちを辞めてしまいました。人手不足なので、何とか残ってもらえないかと思って辞める理由を聞いてみたのですが、何もおっしゃらなくて、少し疲れたのでとだけおっしゃっていましたね」

と、事業部長が、答えた。

「ちょっと待ってくださいよ」

と、十津川が、事業部長に、いった。

「今、五年前の十月十日、Nホテルの菊の間と鳳凰の間の清掃を頼まれたといいましたね？　しかし、行事に使う、あるいはパーティーに使う場所の清掃は、ホテル自身がやるのが普通じゃありませんか？」

と、きいてみた。

事業部長は、頭をかいて、

「すいません。刑事さんのおっしゃる通りです。実は、うちは、二つの宴会場がある二階のトイレの清掃を、頼まれました。正確にいえば、菊の間、鳳凰の間の階にある全ての、トイレの清掃です」

と、訂正した。

「それなら分かります」

と、十津川が、いった。

菊の間の近くの、同じ階のトイレの一つで、平間副総理が、何者かに、射殺されたのだ。

あのトイレの清掃に、富永秀英は当たっていたのだ。朝か夜のどちらかの時間帯に清掃に当たっていて、何かを見つけたのではないだろうか？　それを誰かに話した。そして、それが新井元刑事の耳にも聞こえてきて、詳しい話を聞くために、泊に引っ越していた富永秀英に会いに行こうとして、あの日、えちごトキめき鉄道の列車に乗ったのではないだろうか？

十津川の想像は、どんどん広がっていった。

富永秀英は五年前の十月十日の射殺事件の後、自分が問題のトイレで発見したもの、それが何か、最初は分からなかったのではないだろうか？

ところが、翌朝の新聞を見て、それが、なんであるかに、気がついた。

富永秀英は書道家だったが、アマチュアで、それによって生活費を稼ぐことはできなかった。年金で生活をしていた。

しかし、その金額は、さして多くはなかった。それで、自分が、発見したものを、金に換えることを考え、買い手を見つけて、それを実行したのではないだろうか？

この件は、十津川たちはつかんではいなかった。だから、膨大な捜査資料の中に、富永秀英の名前は入っていないのだ。

ただ、一匹狼の新井元刑事だけは、どこからか嗅ぎつけて富永秀英に会いに行こうとしたに違いない。

犯人のほうは、富永秀英のことを分かっていた。だから、絶えず、監視していたに違いない。そして、新井元刑事が、泊の富永秀英に会いに行こうとしていることを知って、機先を制して、毒殺したのではないのか。

十津川は、そこまで推理を広げていった。

しかし、いずれも、今のところは、何の証拠もない話である。ただ、新井元刑事が殺されているから、この推理は間違っていないだろうと、十津川が、思っているだけである。

現在、捜査本部は二十人に縮小されているので、捜査会議もたまにしか開かれていない。

そこで、十津川は、泊で分かったことを直接、三上本部長に、報告することにした。

三上は、もともと新井元刑事の一匹狼的なところや、独断的な捜査には反対していたから、新井元刑事の捜査には信頼を置いていなかった。

それでも、十津川の報告には、さすがに目を、大きくして、「あのNホテルの、あの日の清掃に当たっていた、清掃会社は、すでに、調べた筈だが」

「その通りです。同じ階のトイレの清掃に当たった清掃員十人を呼んで、彼らから話を聞いています。しかし、事件に関係のあるようなことは、何も聞けなかったので、その後、調べていません」

と、十津川が、いった。

「だが、その中の一人が、何かを分かったんだな？」

「分かったというよりも、何かに、気がついたんだと思います。しかし、本人は、最初それが事件と関係があるとは、思わなかったんだと思います。ですから、警察には、しゃべらなかったんでしょう。ところが、その後、関係があることに、気がついたのです。だが、警察には、そのことを、知らせなかった。富永秀英という人間は、書道には、長《た》けていましたが、それを、金にするだけの力はありませんでしたし、生活の方は、年金に頼っていましたから、何とかして金を稼ぎたい。そう思っていたと思うのです。それで、自分が手に入れたものを、犯人に売りつけたのではないかと思います」

「そのことに、辞職した新井元刑事だけが、気がついていたということか？」

「そうだと思います。彼が何を、どんなふうに気がついたのかは、分かりません。ただ、富永秀英に、会いに行こうとして殺されました。それも間違いありません」

「そうなると、現在行方不明になっている、富永秀英という七十歳の男を見つけ出すことが大事だが、行き先は、まだ、分からないのか？」

と、三上が、きいた。

「突然、役所にも届けずに、どこかに引っ越してしまいました。引っ越し先も、不明で、現在、どこにいるのかも、分かりません。とにかく一日も早く、見つけないと、犯人に、消されてしまう恐れがあります」

と、十津川が、いった。

「見つけ出せそうか？」

「分かりませんが、とにかく七十歳の老人で、これといって手に職もなく、友人や知人も少ないでしょうし、唯一の肉親だった年上の奥さんは、すでに、亡くなっています」

と、十津川は、いった。

「現在、捜査員は二十人だが、それを五十人に増やして、一刻も早く、富永秀英という人間を探させよう。探す道具は、揃っているのか？」

「今、顔写真、背格好、亡くなった奥さんの名前、それから、彼が臨時に書道を教えていた書道教室などの資料を揃えているところです。今日中に揃うと思いますから、本部長には、捜査員の倍増を、お願いします」

十津川には、期待と不安が入り混じっていた。

もし、富永秀英が見つかれば、迷宮入りしかけている、副総理射殺事件に解決の糸口ができるだろう。

しかし、十津川たちが発見する前に、富永秀英が、殺されてしまえば、五年前の射殺事件の解決は、いっそう、難しくなってしまう。それが不安だった。

第四章　政治と殺人と

1

十津川は、とにかく考えを進めることにした。一人では、自分が期待する方向に推理を持っていく恐れがあるので、信頼のおける亀井刑事とお互いの推理を戦わせることにした。念のために録音することにしたのは、今後の捜査の参考にするつもりからである。

まず、十津川から始めた。

「五年前の十月十日、富永秀英はNホテルの例の会場の近くのトイレを掃除していて、何かを見つけたんだ。これはまず、間違いない。この確認から始めたい」

それに続けて亀井が、いった。

「たぶん最初は、金になるかどうかわからなかったんでしょうね。ところがその後殺人事件が起きて、その拾い物が金になるとわかり、富永は犯人を強請《ゆす》ったんですよ。そして大金を手に入れた」

「とすれば、彼がトイレで拾った物は犯人の持ち物という事になってくるね」

「そうなりますね。ただし、そんなに大きな物ではないと思いますよ。大きな物なら邪魔だし、他にも同じ清掃会社の人間がトイレの掃除をしていたから、見つけてしまいますからね。大きな物ではなかった。たぶん、ポケットに入るぐらいの物だと思います」

「問題は、それが何かだ。なぜ犯人がそれを忘れていったのか、まずそれから考えてみよう」

「私もトイレで忘れ物をしたことがあります。トイレで用を足してから、化粧室で手を洗った。その時に腕時計が濡れるので、外して鏡の前の棚に置いて手を洗い、そのまま忘れてトイレを出てしまったんです。その後慌てて気が付いて引き返し、何とか見つけましたが、割とああいう時に腕時計なんかは外してしまいますね」

「とすれば、五年前の場合も、犯人が用を足して手を洗った時に腕時計を外し、その後忘れてしまって会場へ行ったのかもしれない。たぶん会場に行って、自分が殺す事を頼まれていた平間副総理が会場に来ているかどうか、早く確認したかったんだろう。そして、帰朝報告を終えて、パーティーが始まり、トイレに行った平間副総理を、犯人は追いかけて行って、射殺した。その間に犯人は、トイレに探しに戻っていたろうが、すでに、忘れ物は、富永が、持ち去っていたんだろう」

「犯人はそれでも、目的を果たすために、平間副総理を射殺したんでしょう。だから、凶器の筈はありません」

「腕時計かな？」

「もし腕時計としたら、その時計の裏には、犯人の名前が彫ってあったのかも知れませんね。富永は、犯人を強請ったと思われますから」

「しかし、いまだに平間副総理を殺した犯人の名前はわからないんだ」

「腕時計に所有者の名前が彫ってあったとしても、それだけで、富永は、平間副総理殺しの犯人の物とはわからないでしょう？　それに、富永が見つけた時には、まだ、殺人は起きていませんから」

「確かにその通りだ。もう一度、事件の日のことを考えてみよう。平間副総理は、後藤総理の要請で、内閣に入り、五年前の十月に、後藤総理の意を受けて、アジア歴訪に出かけた。中国、韓国、北朝鮮、それに、ベトナム、タイ、ミャンマーも訪問している」

「そうでしたね、五年前頃は、アジア諸国と日本との関係は、ギクシャクしていました。特に、中国とは、南シナ海の覇権の問題があり、韓国とは歴史認識のズレ、そして、北朝鮮とは、拉致問題が全く進展していませんでした。それを何とか進展させようとして、平間副総理が、アジア歴訪の旅に出かけたんです」

「そして、Nホテルで、平間副総理の帰朝報告会が開かれたんだ。そのパーティーの最中、何者かに射殺された」

「当時の新聞を読むと、平間副総理のアジア歴訪は、賛否がわかれていますね。歴訪中から賛成のマスコミもあれば、反対のマスコミもありましたから」

「反対の主な理由は、中国、韓国、北朝鮮に対して、軟弱だとか、新聞によっては、土下座外交と批判するものもあった。新聞の投書の中には、恥を知れとか、腹を切れといった過激なものもあったらしい」

「とすると、過激な人間の犯行でしょうか？」

「しかし、五年間、捜査してるんだ。それでも容疑者が、浮かんで来ない。殺された平間剛宛には、彼の政治信条に対して、殺人予告めいた脅迫状が、来ていることもわかったが、いくら調べても、その中に、犯人はいなかった」

「しかし、富永秀英は、犯人を強請っていると思われるんです。彼が犯人を知っていたことになります」

「それが、不思議なんだよ。彼が、名前の彫られた腕時計を拾ったとしよう。しかし、その名前が、平間副総理殺しの犯人と、どうしてわかったのか、不思議で仕方がない」

「そうなると、富永が拾った物は、名前入りの腕時計ではなく、もっと、いろいろな物の入ったバッグでしょうか？　例えば、平間副総理を攻撃する言葉の書かれた手帳が入っていたバッグのような――」

「私なんかも、最近は、バッグを持ち歩くが、肩から下げている。たいていの人間は、バッグは手に持たず、肩から下げているんじゃないか。そうすると、トイレで、忘れるとは、考えにくいよ」

「確かに、そうですね。私も今日はバッグを持っていますが、肩から下げているので、手を洗っても忘れることはありません」

と、亀井が笑った。

「そうすると、バッグに入れずに持っていた手帳とか、名刺入れかな？」

「それなら、上着のポケットに入れているでしょうから、トイレで手を洗うのに、それが邪魔になって、置き忘れることは、まずあり得ないと思いますが」

「それもそうだが、犯人は、いったい何を忘れたんだろう？」

「富永は、それをタネにして、すぐ、犯人を強請ったわけではなく、時間が経って、それが金になると知って、犯人を強請ったわけですよね。つまり、そういう物だということですが」

「やはり、名前の入った腕時計になるのかね。それも、珍しい腕時計か、高価なものか。一千万も二千万もする有名時計なら、富永は、それを売って、大金を手に入れたことも考えられるからね」

「それでは、富永が、突然姿を消した理由がわかりません」

「その通りだよ」

十津川は、ひと息入れるように、コーヒーを、口に運んだ。亀井が淹れてくれたコーヒーである。

富永は、拾ったものをタネにして、大金を手に入れた可能性が高い。しかし、犯人に黙って、高価な腕時計を売り飛ばしたというものではない。それなら、姿を消すことはないからだ。従って、拾ったものを使って、富永は、犯人を強請ったと考えられる。だから、危険を感じて、姿を消した——。

間を置いて、十津川が、いった。

「問題の事件だが、犯人の目的は一体何だったんだろう？　なぜ犯人は平間副総理を殺したんだろう？」

「政治的な目的の殺人なら、平間副総理の外交手法に対する怒りでしょうね。今も言いましたが、当時の新聞あるいはテレビは、平間副総理の対外姿勢、中国、韓国あるいは北朝鮮に対する接近方法が批判されていましたから、それに対する怒りが犯人にあって、殺したんでしょう」

「確かにかなり、平間副総理の対外姿勢、特にアジアに対する姿勢に対しては批判が強かったね。しかし、個人的な恨みという事もあり得るんじゃないかね？」

「確かにあると思いますが、個人的な恨みならば、わざわざアジア歴訪のその報告会の直後に殺す事は無いと思います。それにまず拳銃なんかを使わないでしょう」

と、亀井が、いった。

「確かにその通りだ。しかし」

と、十津川は、首をかしげて、

「犯人が政治的不満から平間副総理を殺したのなら、それを発表するんじゃないのかね。今までの政治的な首相暗殺とか、大臣の暗殺などの時には、その後で匿名であっても殺人の動機を堂々とマスコミに発表するのがだいたいの動きだ。それなのに、今回に限っては何処《どこ》にも発表していない。少しばかりおかしいんじゃないか。個人的な恨みなら、発表しなくてもわかるんだが、政治的な怒りから殺したのなら、当然犯人は殺した理由を発表する筈だ」

「私もそう思います。なぜ発表しないのか、警部にはそれが不思議ですか？」

「不思議だよ。私が政治的な正義感から平間副総理を殺したとすれば、絶対にマスコミに発表するね」

「しかし、今回の犯人は全く発表していません」

「それがおかしいんだ。その疑問について、考えてみようじゃないか」

といったあと、

「手紙だよ」

と、十津川が突然いった。

「手紙という言い方がおかしければ、何て言うのかな、昔勤皇の志士が悪人を殺した後、その場に残していった斬奸状《ざんかん》というのかな。これこれの理由によって、討ち果したという手紙だ。犯人はそれを持っていた。トイレを済ませた後、その手紙を落として汚してはいけないというので、棚の上に乗せてから手を洗った。殺人を実行する前なので、緊張して忘れてしまい、そのまま会場へ行ってしまった。そういう物じゃないのかな」

「それに犯人の署名があった。だから、拾った富永秀英は犯人を知ったという事ですか？」

「いや、手紙には犯人の名前は無かったと思う。たぶん国を憂う者とか、天誅平間副総理とか、そういう文句があったんだと思う」

「それだけなら、どうして拾った富永が犯人の名前を知る事が出来たんでしょう？」

「その手紙の上に犯人は重しとして自分の腕時計を乗せておいたんだ。そして手を洗ったあと忘れてしまった。今さらトイレに戻れないし、探せない。だから平間副総理を殺した後、本来なら死体の上に乗せておく手紙をなしにして逃げ去ってしまった。だから、新聞にもテレビにも、警察の発表に犯人の声明は無かった」

「それならわかります。富永秀英は手紙と、その上に乗せてあった腕時計を拾って、その二つを結び付けて腕時計の裏に彫られた名前が、犯人と考えたんでしょうね。でも、犯人はなぜ、要求された金を払ったが、富永秀英を殺そうとはしなかったんでしょうか？」

「手紙と名前の彫られた腕時計は一緒に置いてあったから、富永はこれが犯人だと目星を付けた。しかし、バラバラになれば二つを結びつける証拠は無くなってしまう。だから犯人は、殺さずに金だけ払ったんだと私は考えた。ただし、富永秀英がもう一度強請れば、今度こそ、彼の命が危なくなる」

と、十津川は、いった。

「その時計の裏蓋に持主の名前が彫ってあったとすると、かなり高価なものでしょうね。今私が持っているのは、二万円の電波時計ですが、裏に名前なんか彫ってありません」

亀井が、いった。

「私もだ」

と、十津川は笑ってから、

「その腕時計と手紙は関係無いと、犯人が主張する事も出来た筈なのに、どうして犯人は金を払ったんだろうか。我々の推理が当たっていて富永秀英が手紙と名前の入った腕時計を拾ったとすれば、犯人は言いなりに金は払わないだろう。少なくともそのどちらかを寄越せ、そうすれば金を払うと言うだろう。しかし、その通りにしたとすると、犯人はその瞬間、富永を殺してしまってもいい訳だ。とすると犯人は、そのどちらかを富永秀英が持っている限り、殺しにくかった事になる。そんな事が考えられるだろうか」

十津川は、自問する調子で考えている。

「犯人とすれば、たぶん手紙の方を取り返して大金を支払ったと思います。しかし、そうなると名前の入った腕時計も、それだけでは富永は身の安全を確保出来るとは思えませんが」

「その逆でも同じだよ。問題の手紙に名前が書いてなければ、それを富永が持っていたとしても、安全の担保にはならない」

「そうすると、腕時計の方が問題になってきますね。その腕時計を持っていれば、富永は身の安全を確保出来た。そんな調子の良い腕時計があるでしょうか」

「世界には、一つ何億円もするような腕時計があるとしても、そこに犯人の名前が彫ってあったとしても、それだけでは身の安全は確保できないだろう」

と、十津川は、繰り返して、

「その腕時計が高価な物かどうかは、あまり関係が無いんじゃないかな。問題は裏蓋に彫ってあった事だ。まず犯人の名前。これはまず間違いない。ただ、他に何か犯人が富永の口封じをためらわせる何かが彫ってあったんだ」

「それは何だと思われますか？」

「たぶん、もう一人の名前が彫ってあった。しかもその人間は、かなりの大物なんだよ。政治家か、実業家か。あるいは芸能人だとしても、かなりの有名人なんだ。犯人がその腕時計のために、口封じに富永秀英を殺して、その腕時計が表に出ると困る人間がいるんだ。しかもかなりの権力者か、著名人かのどちらかだ。だから犯人は簡単には、富永秀英の口を封じる事は出来ない。ただ、少しばかり富永秀英も怖くなって、一旦、行方をくらませたんじゃないか。そう思うね」

と、十津川は、いった。

「それで、腕時計の裏蓋にはどんな事が書いてあったと思われますか？」

「私にもわからん。お互いに考えようじゃないか。第一に、犯人の名前が彫ってあった。これだけは間違いない。もう一つ、何かが彫ってあったんだ。それは今も言ったように、権力者か著名人の名前だろう」

「しかし、普通二人の名前が彫ってあるような腕時計は、見た事がありません」

「君は、どんな事が考えられるんだ？」

「そうですね、例えばあるゴルフコンペで優勝した人間の名前を彫って贈る。そして贈り主として、有名ゴルフクラブの名前が書いてあった。そういう事が考えられますが」

と、亀井が、いった。

「これから銀座へ行こう」

突然、十津川が誘って、

「銀座に有名な腕時計の店がある。そういう店では贈り物に使う腕時計を販売する事が多いだろう。その時にどんな事を裏蓋に彫るのか、それを聞いてみようじゃないか」

二人はすぐ、銀座へ出た。

最初に訪ねたのは、スイスの名門「パテック」の専門店だった。そこの店長に、十津川は警察手帳を見せてから頼んだ。

「こちらで贈呈に使われた時計の裏蓋に、どんな言葉あるいは名前が書かれているのか、実物の写真を見せて頂きたいのですよ。絶対に口外は致しませんし、秘密は守ると、約束します」

最初、店長はやはりプライバシーに関わる事だからと写真アルバムを見せる事を拒否したが、何回も十津川が約束を繰り返しているうちに、やっと、見せて貰える事になった。

何人、いや何十本という腕時計。その裏蓋に書かれた名前と言葉が丁寧に写真に撮られていた。映画やテレビの作品賞、あるいは演技賞の相手に贈られた物が多い。そうしたプレゼント品には贈り主の名前も彫ってあったが、それはテレビ局の名前や映画会社の名前だった。

そうした名前を一つ一つ見ていく。その時急に、十津川の目が留まった。二百万円の腕時計の裏蓋に彫られた、言葉と名前だった。

「賞　K・S殿」

そして、贈り主として「H・W顧問　後藤恵一郎」とあった。十津川が注目したのはもちろん、後藤恵一郎の名前だった。

「この、後藤恵一郎というのは今の後藤総理の事ですか」

と、十津川は、店長にきいた。

「ええ、もちろん。後藤首相の事ですが、この件は口外されては困ります」

店長が、いった。

「もちろん口外はしませんよ。ただ、一つ教えて下さい。このH・Wというのは何の略ですか」

と、きいた。

「ハンティング・ワールド。今は禁猟が多いので、表立っての活動は聞かれていませんが以前は有名人やお金持ちの集りで、インドやアフリカにハンティングに行っていたんですよ。そのクラブです」

と、店長が教えてくれた。

十津川はそれ以上は聞くのをやめて、その店を出た。問題の腕時計の裏蓋に書かれた文字は鮮明に覚えている。二人は近くのカフェに寄った。そこで十津川は自分の手帳に、腕時計の裏蓋に書かれてあった文字を書き写した。

「賞　K・S殿」

とあるのはたぶん、ハンティング・ワールドクラブ内で何かの大会があって、成績が良かったK・Sに二百万円のパテックの時計が、贈られたのだろう。

次に十津川たちが足を運んだのは、同じく銀座にある猟銃関係の店だった。そこの店長にハンティング・ワールドについて聞いた。六十歳台と思われる店長は、

「ハンティング・ワールドですか、懐かしいですね」

といった。店長の話によると、戦前からある古いクラブであるという。イギリスに誕生した世界的なハンティング・ワールドクラブの日本支部は、昭和二十年代に出来て、代々支部長は時の総理大臣あるいは、副総理が務めていたという。

「昔は今のような規制がありませんでしたから、そのクラブのメンバーはインドでト

ラ狩りをしたり、アフリカでライオン狩りをやったりしていたんですよ。その後規制が厳しくなったので、解散したと思っていましたが、今でも続いているんですね。もちろん今は猛獣狩りなどは出来ないでしょうが。懇親会みたいなものじゃありませんか。我々なんかは何とかしてこのクラブに入りたいと思って、働いたんですがとうとう入れませんでした」

と店長はいい、また、世界的なハンティング・ワールドの日本支部なので、日本にいる有名な外国人も会員の中にいるといった。

「このK・Sという名前、フルネームはわかりますか？」

亀井がきくと、店長は首を横に振って、

「全くわかりませんね。このクラブに直接聞いても、教えてくれないんじゃありませんか。支部長は代々、総理大臣か、副総理が務めるといいますから、わかるでしょうが、会員情報については、昔から明らかにしないので有名でしたよ。だからかもしれませんが、私なんかはどうしても入れなかった、そういうクラブです」

と、店長は、繰り返した。

2

十津川としては、何としてでも、このハンティング・ワールド日本支部の会員名簿が欲しい。

しかし、どこに行ったらこの会員名簿が手に入るのか。もちろん、後藤総理なら知っているだろうが、たぶん教えてはくれないだろう。

そこで十津川は、十年前にオリンピックの射撃に出場して銅メダル、その後自らの名前を冠した射撃クラブを経営している、横井圭次郎という男を訪ねてみた。

その横井圭次郎に会って、十津川がハンティング・ワールドの事を口にすると、横井も笑顔になって、

「懐かしいですね」

と、いった。

「私も、何とかしてその名門クラブに入ろうと運動したんですが、駄目でした。オリンピックで銅を貰ったのですが、それでも入れてもらえませんでした」

「そんなに、入るのが難しいんですか？」

「昔も今も、会員数が三十人以下と決まっていて、新しく入会するには会員の推薦が、

まず必要で、その後も色々と資格審査がありましてね。私は何とか会員の一人を知っていて、その方に推薦してもらったんですが、他の審査で駄目になりました」

「あなたを推薦してくれた人を、紹介して頂けませんか。どうしても、我々が捜査を担当している事件で、必要なんですよ」

と、十津川が、いった。

「一応紹介しますが、その人が警察に協力してくれるかどうかは、わかりませんよ。かなり頑固な人ですから」

横井はそれでも、同じ湘南に住む問題の会員の家に、案内してくれた。

茅ケ崎《ちがさき》の海岸に別荘風の建物を建て、そこに住んでいる、七十五歳の坂口敏行という老人だった。

十津川はその顔に見覚えがあった。確か、テレビで見た顔である。「七十歳を過ぎた男の道楽」という番組で、ある大企業の社長だったが、七十歳を機に、その会社の経営権を友人の息子に譲って、世界を旅行して回っている。そんな羨ましい老人の一人として、紹介されたのを覚えていた。

奥の部屋に案内されると、正面の壁に、倒した野生のライオンの側に、猟銃を持って笑顔で立っている写真が、飾ってあった。たぶん、三十代の頃の写真だろう。

「今でもアフリカ辺りに行って、ハンティングをされているんですか？」

と、十津川がきくと、坂口は笑って、

「今はもう、大金を出してルール違反を承知で獣を撃ちに行かなければ、あんな楽しい事はできませんよ」

といった。

「それでもまだ、ハンティング・ワールド日本支部の会員なんでしょう？」

「一応は会員ですよ。しかし、今は、もっぱら射撃場に行って、猟銃を撃って楽しんでいます」

という。その猟銃を収めた部屋も見せてくれた。

イギリス製を主に、現在十二丁の猟銃を持っているという。

「三十人以下の会員数だそうですね」

と、亀井が、きいた。

「そうですよ。それ以上増やしません。変な会員が入ってくると困りますからね」

といって、鎌倉から案内してくれた横井を見てニヤッとした。

「現在の会員名簿を、見せてもらえませんか」

と、十津川が、きく。

「それは駄目です。会員の名前を明かさないのがH・Wクラブの会則ですから」

「五年前に東京で、後藤内閣の平間副総理が何者かに拳銃で撃たれて殺されました。その犯人が、ハンティング・ワールド日本支部の会員の可能性があるのです。時の副総理を殺した犯人ですから、どうしても逮捕したい。何とか協力して、会員名簿を見せてもらえませんか？　逮捕令状を用意しても駄目ですか？」

十津川がきくと、坂口は笑って、

「たぶん駄目でしょうね」

「警察が逮捕令状を持って来ても、ですか？」

亀井が、重ねてきく。

「たぶん駄目だと思います。支部長には、時の総理大臣がなっていますからね。たぶん総理大臣が手をまわして、逮捕令状を無効にしてしまうでしょう」

と、坂口が、いった。

確かに、時の総理大臣の友人に、刑事事件の容疑がかかっていても、総理が手をまわして、警視庁の刑事部長に令状を出させないようにしている、そうした事例を十津川も、知っていた。とすればたぶん、このK・Sという人間のフルネームを見つけようとするのは、まず、無理ではないか。

十津川は、ひとまず引き上げる事にした。茅ヶ崎の駅で、鎌倉の横井銃砲店のオーナーと別れた後、十津川は亀井に、

「これから、浜松へ行ってもらう」

といった。

「浜松に何かあるんですか?」

「あの茅ヶ崎の坂口敏行に会っている時に、浜松の射撃場の写真が壁に掛かっていた。たぶんよく行く射撃場の写真だろう。だから今からそこへ行って、何とかK・Sの名前を調べ出したいんだ」

と、十津川は、いった。

新幹線を使って、浜松へ移動する。浜松の駅から、車で三キロくらい離れた山の中にある射撃場だった。ウイークデーなのに、射撃の音が聞こえてくる。十津川と亀井は、管理人室に案内された。壁に、ここの会員が、ライフル射撃をしている写真が、何枚か貼ってあった。

十津川は、何枚かの写真に目をやった。後藤総理大臣の写真もあった。ライフル射撃をしている写真である。その他、十五、六人の写真。ただ、その写真には、写っている人間の名前は書かれていなかった。

「ハンティング・ワールド日本支部の会員、坂口敏行さんもよくこちらに、射撃を楽しみに来るそうですね？」

と、十津川が、いった。

「よく、来られますよ。古い方ですから」

と、管理員が、いった。

「後藤総理大臣の写真もありますが」

「確か今までに何回か見えておられますが、最近はお忙しいらしく、お見えになりませんね」

といった。

「平間副総理はどうですか？」

「確か、後藤総理と、一度だけいらっしゃったことがあります」

と、管理員が、いった。

射撃音が断続的に聞こえてくる。

「拳銃の射撃も出来ますか？」

と、十津川が、きいた。

「もちろん出来ますが、拳銃ではクレー射撃など出来ませんから、もっぱら的を撃つ練習となります。五メートル、十メートル、三十メートル、五十メートルに的が作られています。刑事さんは免許をお持ちでしょうから、今から拳銃を撃たれても構いませんよ」

と、相手が笑顔でいう。十津川は亀井と顔を見合わせてから、

「ぜひ、撃ってみたいですね。ここに練習用の拳銃はあるんですか？」

「リボルバーだけですが用意されています」

管理員は拳銃専門の射撃場に案内してくれた。なるほど、五人が並んで撃てる射撃場である。十津川と亀井が入っていった時に男が一人、拳銃を撃っていた。背の高い中年の男である。

十津川と亀井も、そこに用意されたリボルバーを借りて撃ってみる事にした。まず、三十メートルの距離にある標的に向かって撃つ。十発撃って一休みしていると、三十歳前後の女性がやって来て、中年の男に代わって撃ち出した。彼女が撃つのを、さっきまで撃っていた中年の男が眺めている。

十津川は、急に、その二人が気になった。えちごトキめき鉄道の駅で事件が起きた時、車内で新井元刑事が殺された。その容疑者とされるのが確か、中年の背の高い男と細身の美人の二人連れ、という証言があった筈である。

今、射撃場の隅で撃っている女と、射撃を止めてその女を見ている男。その二人が問題の容疑者二人ではないだろうか？

十津川がその二人をじっと見ていると、亀井も射撃を止めて、十津川にささやいた。

「えちごトキめき鉄道の例の事件の……」

と、いう。

「私もそう思って見ているんだ」

と、十津川も小声で、いった。

女は撃ち続けている。その音がやかましいので十津川は、管理員を射撃場の外に連れ出した。

「今、向うで撃っている女性と、傍で見ている男性ですが、常連ですか？」

「はい、当射撃場の会員になって頂いてますので、よくいらっしゃいます。もちろん、銃の所持許可証もお持ちです」

「どんな経歴の人ですか？」

「男性のかたは、確かオリンピックに行きそびれたと言っていましたから、もう少しで、オリンピックの候補になるだけの腕を、お持ちだと思います」

管理員は、二人の名前を教えてくれた。

ン。

男は菅沼功一郎《すがぬまこういちろう》、四十二歳、女は秋山けい、三十歳、住所は名古屋市内のマンショ
ン。

（菅沼功一郎？）

十津川の眼が光った。銀座のパテックの専門店で見た腕時計の写真には、Ｋ・Ｓと彫られていた。Ｋ・Ｓなら、菅沼功一郎ではないのか？　しかも、贈主は、後藤首相になっているのだ。

この二人が、警察が捜査している殺人事件の容疑者なのだろうか？　しかし、だからといって、五年前に平間副総理を殺した犯人だと、断定する事は出来ない。そこで十津川は先回りして名古屋へ行き、問題の二人について調べる事にした。浜松の射撃場の管理人が教えてくれたマンションは、名古屋駅近くの新築の高層マンションだった。

その二十六階に、あの二人は別々の部屋で、暮らしている事になっていた。まず管理人に、二人の事について聞いた。

管理人の話によれば、このマンションは五年前に出来たもので、問題の二人は、その時から住んでいるのだという。

「最上階に比べれば安いんですが、それでも二十階以上は２ＬＤＫでも、億はしまし

たから。その時から、お買いになって住んでいらっしゃいます」

「二人は、どんな関係ですか」

亀井がきくと、管理人は笑って、

「そういうプライバシーに関わる事には、お答え出来ません。それに、お二人がどういう関係かは、私も知らないんですよ」

と、管理人は、いった。このマンションには、地下に駐車場があり、二人がどんな車に乗っているかを教えてくれた。男の方は国産の高級車、女の方はポルシェに乗っているという。

もう一つ、管理人が教えてくれたのは、

「去年の三月頃でしたかね、突然、イノシシが出た事がありまして、大騒ぎになりました。その時に、あのお二人が狩猟免許を持っている上に、猟銃も持っているというので、市の方から頼んで、イノシシの退治を手伝ってもらった事がありましてね、ちょっとした有名人になった事がありました」

しかし、これ以上の話は、管理人から聞く事は出来なかった。

五年前からこのマンションの二十六階に住んでいるのだとしたら、このマンションの周辺で、二人の事を知っている人が、いるかもしれない。

そこで、まず、十津川は近くのガソリンスタンドで、話を聞く事にした。

十津川が予想した通り、二人は近くのガソリンスタンドで時々、給油している事がわかった。

「そうですね、二人とも揃ってガソリンを入れに来た事はありますよ。付き合っているんじゃないんですかね」

と、いう。

「どういう仕事をしているか、わかりませんか？」

あまり期待しないで聞いてみると、

「確か、お医者さんですよ」

と、いう。

「間違いありませんか」

「友達が交通事故を起こして、救急車で運ばれた事があるんですよ。その時、私も一緒に車に乗っていたので、病院まで行きました。そうしたら、その病院にあの男の方が、外科医として、勤めていらっしゃいました」

「女性の方も、その病院の関係者ですか？」

「そこまでは知りませんが、たぶんそうでしょう。お二人でよく揃って歩いていらっしゃいますから」

と、店員が、いった。

「その病院の名前を、教えて下さい」

亀井がいうと、

「菅沼病院ですよ」

と、いう。

「菅沼病院というと、菅沼功一郎さんと関係がある病院ですか？」

「確か、叔父さんが院長じゃないですかね」

あまり自信の無いいい方だったが、とにかく十津川と亀井はその病院に行ってみる事にした。

ガソリンスタンドから歩いて二十分ほどの所にある、かなり大きい病院である。全ての科が揃っていて、救急病院でもあった。

そこでも、警察手帳の力をフルに使って、駅前のマンションに住む、菅沼功一郎と秋山けいの事をきくと、あっさりと教えてくれた。

「菅沼先生は、ここの外科を担当していらっしゃいます。ええ。院長の甥御さんです。それから、秋山けいさんの方は若手の女医さんです。菅沼先生との関係は私もよく知りませんが、仲良くされている事は看護師も知っています。ただし、将来どうなるかはわかりません」

という事まで教えてくれた。

銃の事についてきくと、

「それは、うちの院長の影響じゃありませんか。病院長は、古くから銃をいじっていらっしゃいますから」

と、いった。

「では、病院長は有名なハンティング・ワールド日本支部の、会員なんじゃありませんか」

「確か、そういう名門のクラブに入っていらっしゃる事は、間違いありません。それで、東京でそのクラブのパーティなんかがあると、おいでになりますよ」

と、いった。

十津川が、更にきこうとした時、彼の携帯が鳴った。

東京の三上刑事部長からの電話だった。

三上が大きな声で、いった。

「東京で、新しい事件が起きた。すぐ、帰って来い」

3

　ともかく、十津川と亀井は、その日の中に東京の捜査本部に戻った。

　待ち構えていた三上本部長が、一枚の顔写真を見せて、

「山口明。N大の政治学の准教授で、今日の十二時半頃、N大の隣りにある公園内で、射殺された。白昼にだ」

「この人の論文を、雑誌で読んだことがありますが、今回の一連の事件と、何か関係があるんですか？」

　と、十津川が、きいた。

「山口明は、五年前から、後藤内閣のブレーンで、五年前に殺された平間副総理のアジア歴訪にも、同行している。それに、後藤内閣のというか、平間副総理の対アジア政策の作成にも当ったといわれているんだ」

「とすると、同じ人間の犯行ということですか？」

「その可能性が強い」

「わかりました」

　と、十津川は肯いた。

それから、山口と同じ大学の准教授で、仲の良い原田という男に会いに行った。

「殺された平間副総理の事件について、山口さんは、どんな風に見ていたんでしょうか？」

と、きいてみた。

「平間副総理の言動については、前々から軟弱外交とか土下座外交と、一部の人たちから、批判されていましたからね。こうした批判が先鋭化されて、殺人になったのだろうと、山口さんは、心配していましたよ。このまま日本社会が右傾化していくと、次に狙われるのは、言論界だろうと心配していたのが、現実になってしまったと、驚いています」

と、原田は、いった。

「同一犯による殺人だと思いますか？」

「今の段階では、そう思っています」

「山口さんは、最近、誰かから、脅迫を受けていましたか？」

「それが、わからないのです。山口は、負けん気の強い男ですから、脅迫されていても、それを口にはしなかったでしょうが」

原田は、残念そうにいい、別れしなに、本を一冊くれた。

殺された山口明が、最近書いた『日本のアジア外交は如何にあるべきか』という本だった。

後藤内閣、平間副総理のアジア外交に、指針を与えたという本らしい。

その本を持って、帰って、十津川が三上本部長に報告すると、三上は案の定、

「この事件も、君に担当して貰うよ。五年前の平間副総理殺しで関係がありそうだからな」

と、いわれた。

捜査会議が終わると、十津川は一人になり、山口明が書いた本に目を通してみる事にした。

山口明の主張は一貫している様に見える。

どんな事があっても、アジア、特に中国や韓国、北朝鮮に対しては柔軟に対応すべき事、元々日本の政治家も、日本の国民もすぐ腹を立ててしまう。中国の海洋進出に腹を立て、韓国の反日に腹を立て、北朝鮮の拉致問題に腹を立てる。これでは政治は動かない。そこは少し我慢して、相手に腹を立てても柔軟に対応する。そうすれば自然に和解の道が開けてくる。

それが問題の本に書かれた山口の主張だった。たぶん、この主張は殺された平間副総理の主張でもあるのだろう。

翌日から、公園で殺された山口明の事件についての、聞き込みが始まった。

山口は、日課である散歩中に、射殺された。白昼の犯行とはいえ、公園は木々が繁り、死角が多く、目撃者は見つからない。

最初にわかったのは、山口明には付き合っていた女性がいる事だった。N大の事務長は知らないといったが、学生の何人かは知っていた。山口の教え子の一人で、すでにN大を卒業し六年経っていて、現在二十七歳。四谷にある小さな出版社に勤めている女性である。

十津川は、その杉下あけみという女性に会いに行った。四ツ谷駅から、歩いて十二、三分の所に建つ雑居ビルの一階にある小さな出版社で、社内が狭いので、十津川は近くのカフェで話を聞く事にした。

杉下あけみは、山口のことを色々と話してくれた。五年前の平間副総理のアジア歴訪に、同行していたことも知っていた。

十津川が注目したのは、

「山口さんが本を出したり、内閣のブレーンをやったりしていたので、彼の主張や行動に対して、賛否の電話が掛かって来たり、手紙が来たりしていました。特に、山口さんの考えに対して反対する手紙が、多かったんです。別人の名前になっていたんですけど山口さんは、これは同一人が名前を変えて出しているんだ。それだけにしつこくて怖い感じもすると、言っていました」

その手紙は、山口自身が、焼いてしまったというが、彼女は、心配だったので三十二通全部の差出人の住所氏名を、書き写しておいたという。それを十津川に見せてくれた。

確かに、住所も名前もバラバラである。

「でも、手紙の内容は同じでした。これからの日本は強くあらねばならない。中国や韓国や北朝鮮に対し、頭ばかり下げていたら、日本は弱小国に落ちてしまう。平和外交などとバカな宣言はせず、経済に似合った強い国家を目指すことこそ、日本外交の本来の姿である。だから、お前は、さっさと、総理大臣のブレーンをやめて、黙っていろ。さもないと天誅を下すぞ。そんな調子の手紙ばかりでした」

と、杉下あけみは、教えてくれた。確かに、脅迫状っぽく、粘っこい感じの内容である。杉下あけみが書き止めておいた、住所と名前を、十津川は、自分の手帳に書き写して、捜査本部に戻った。刑事には、何とかして、このメモの主を探し出せと指示した。

手紙の宛名や文章は、パソコンで打たれていたという。が、三十二通りの住所と名前である。その中に、共通するものか何か、あるのではないか。それが見つかれば、相手に近づけるかも知れない。と、十津川は、考えていた。

十津川も、若い刑事たちと一緒に、その作業に加わった。五年前、平間副総理がNホテルでの帰国報告会のあと、射殺された。その時から今日まで五年間、三十二通の手紙が、山口明の所に届いていたということなのだ。住所はバラバラで、一見すると日本全国にわたっている。が、よく調べてみると、東京の住所の場合は実在しているが、東京以外の住所は、間違っているものが幾つかあった。

「たぶん住所は、観光案内を見て書いているんですよ」

若い日下刑事が、いった。

「観光案内には、有名な地方のホテルや名所の住所が書いてありますから。その住所を使って、個人の手紙の様にしているんです。だから、調べてみるとそれが、その地方のホテルの住所であったり、神社や寺、名所の住所だったりしますから。これらは、明らかにそこに住んでる人間が出した手紙ではありませんね」

「すると、東京の住所の方は正確なのか？」

「少なくとも、東京の住所の場合は、観光名所やホテルの住所じゃありません。その住所に犯人が住んでいるかどうかわかりませんが、そのマンションに行って調べ、そして、その住所を手紙に書いているんです。だから実在するマンションですよ」

と、いった。

「ただし、そのマンションが何ヶ所か書かれていて、そのどれかに住んでいるのか、また名前も三十二通り使っているから、どれかが本名なのか、あるいは全て偽名なのかもしれません」

そこで、東京で書かれた実在するマンションを調べ、それからマンションの写真を撮る事にした。

根気のいる作業だった。マンションは実在するのだが、手紙の差出人は、そこにいるとは限らないからである。

一つだけありがたいのは、その実際のマンションが、超高層マンションではなく、八階からせいぜい十階くらいまでの中古マンションだという事だった。そのマンションの住人の、名前を調べ、写真を撮っていく。差し当たって、五つのマンションである。

地元の警察にも協力してもらって、一週間で五つのマンションの住人、九十八人の名前を確認し、写真を撮り終わった。

もちろん、その九十八人の名前の中に、手紙に書かれた名前と同一人物は、見つからなかった。

しかし、その九十八人の中に、本物の差出人がいるかも知れない。それをこれから調べていくのである。

もちろん、九十八人の中に子供がいれば、それは除外できる。犯人は男性らしいので、女性も除外していくと、残ったのは四十九人だった。この四十九人を根気よく尾行して、行動を調べていくのである。

四十九人を尾行する。十津川の部下だけでは足りないので、地元警察署にも頼んで、根気よく尾行するのである。尾行して何をするのか。まずは、四十九人の内の誰かが、手紙をポストに投函する。その瞬間を写真に撮るのである。

そして、二人の男が、手紙を投函した。

一人は、東京都世田谷区北烏山《きたからすやま》アビダンス烏山212号室、吉田悠。

もう一人は、三鷹《みたか》市三鷹第二コーポ503号室、小田島広之。

この二人である。二人とも三十歳前後に見えた。彼等が、手紙をどこに出したかは、わからない。

山口明が受け取っていた三十二通の手紙。その差出人の名前は全て異なり、三十二通りの名前になっていた。

この二通の手紙が誰に届くかはわかっていないが、恐らく、事件の関係者の誰かに届くだろう。

とすれば、殺された山口明の親友の原田准教授宛てに届くか、あるいは山口明の恋人の杉下あけみに届くか、あるいはまた、後藤内閣宛てにも届くかもしれないのである。しかし、全く関係の無い人間の所に届くとは考えられない。その事だけは間違いない、と十津川は思っていた。

そして、翌日。

後藤総理の秘書から、脅迫状まがいの手紙が、二通届いたと、通報があった。いずれも差出人の住所は、東京である。

同じ日、この二人を尾行していると、二人は、揃って、旅行に出発した。

第五章　奇妙な京都旅行

1

二人は、同じ新幹線で、京都に出かけた。10時00分東京発の「のぞみ221号」新大阪行に乗った。それも同じ車両だが、京都まで、言葉を交わさなかった。

京都に着くと、バラバラに行動し、それぞれが分厚い封筒をポストに投函し、別のホテルに、チェック・インする。

翌日、二人はホテルを出ると、また、それぞれが近くのポストに、分厚い封筒を投函して、別々に、新幹線で、帰京したのである。

奇妙な行動である。

二日後、殺された平間元副総理の対アジア政策を支持するK新聞社から、京都に住む四人の市民から、脅迫状まがいの手紙が送られてきた、と通報があった。

この類の手紙は珍しくないが、さすがに四通続けて来たので、警察に連絡したという。

その中の一通は、

京都市下京区東洞院七条上ル
　東洞院コーポ五〇一号
　　斉藤　守

とある。

この住所は、実在する。しかし、調べてみると、この住所にあるのは、「ステーション京都」というホテルで、吉田悠が泊ったホテルなのだ。

もう一通。

京都市東山区五条通大橋東入ル東橋詰行13
　五条第一ビレッジ一〇二号

工藤　守道

これも実在する住所だが、調べてみると、この番地にあるのは、マンションではなくて「アーバイン京都」というホテルで、小田島広之が泊ったホテルなのだ。他の二通も、同様であった。

そこで、三田村と北条早苗の二人の刑事が、この二人に会いに出かけた。吉田悠、小田島広之の順に会ったが、彼等は、東京、京都での自身がポストに投函している写真を見せられると、あっさりと、手紙を出したことを認めた。

二人の刑事に、問い詰められて、吉田悠も、小田島広之も、最初は、うなだれていたが、

「何のために、後藤総理やK新聞に、そんな抗議文を送ったんだ？」

と、三田村が、きくと、急に開き直って、

「総理大臣やマスコミに抗議するのは、市民の当然の権利じゃないんですか？」

と、声を大きくした。

三田村と早苗が、苦笑して、

「それなら、何故、堂々と、抗議しないんだ？　住所や名前を誤魔化して、脅迫まが

いの文章を送りつける。それが、市民の権利といえるのか」

「弱腰外交、土下座外交は、間違っているんだ。それをわからせたくて、こんな事をしたんです。行動は子供じみているかもしれませんが、僕たちの気持ちをわかってもらいたくてやったんですから、別に悪いとは思っていませんよ」

と、いいつのる。そしてさらに、

「別に法律に触れるような事をしている訳じゃないから、いいんじゃありませんか」

と、抗議する。

「それでは、これからも同じような行動を取るつもりですか？」

と三田村が、きいた。その質問に対しては、一瞬、顔を見合わせていたが、

「自分の行動が正しいと思っていますから、同じような事を、するかもしれませんね」

三田村と北条早苗刑事が彼等に向かって、色々と質問している間も、二人の携帯が頻繁に鳴る。その度に、

「失礼」

と断って、その場を離れ、携帯で話してから、戻って来た。

二人の刑事はそうした二人の行動や雰囲気を、十津川に伝えた。

「明らかにあれは、誰かからの指示を受けていますね。二人だけの考えで、行動しているとはとても、思えません」

「大学准教授の山口明が射殺された。彼の恋人の話によれば、山口の主義・主張に対する抗議手紙が山口明に送られて来ていた。その手紙はたぶん、今日君たちが会った二人の男が入っている、何らかのグループからの指示で送られて来たと思われるが、連中が山口明の殺人に関係していると思うかね」

と、十津川が、三田村たちにきいてみた。

「殺人そのものとは、関係無いと思います」

北条刑事がいい、三田村も頷いた。

「どうしてそう思うんだ？」

そばから亀井が、きいた。

「それは二人の態度です。彼らが山口明の殺人に関与しているとすれば、もっと深刻な顔をして行動している筈だと思うのですが、割と明るく、これからも同じ事をやっていくような口ぶりでした。もし、殺人に関係があるとすれば、あそこまで気楽な感じではいられないでしょう」

と北条刑事がいい、三田村も、

「あれは自分たちの行動を楽しんでるとしか思えません。たぶん誰かに頼まれて、あるいは金を貰って、架空の人物になって、今の政府のやり方に抗議する若者に扮して手紙を書いている。要するにあれは、自分たちは芝居を演じているというような感じでしたから。殺しの実行者とは、とても思えません」

「私も同感だ」

と十津川はいったが、その後で、

「少しばかり難しいな、この事件は」

と、いった。

十津川はもう一度、亀井刑事と二人だけで今度の事件を考える事にした。

2

「考えなければならない事は二つある」

と、十津川はいった。

「一つは、今回の山口明准教授に対する殺人だ。彼の考えに強く反対するグループがいる。そして山口明を殺した犯人がいる。この二つは繋がっているんだろうか。それとも、全く別な組織なんだろうか。もう一つの疑問は、五年前の平間副総理の殺人との関係だ。犯人は同じ犯人で、そして、同じようなグループがあるんだろうか。それを考える必要がある」

と、十津川は、いった。

「もう一つ、考えなければならない事があるかもしれませんよ」

亀井が、いった。

「どんな事か、教えてくれ」

「五年前、平間副総理が殺されました。あの時は、平間副総理が中国、韓国、北朝鮮などのアジアの国々を回って帰って来ての帰朝報告をしている当日の夜でした。平間副総理は明らかにアジアに対する政策を変えようとしていました。それまでの攻撃的な政策から、仲良くしていこうとする政策に変えようとしている事は明らかでした。それに対して、軟弱外交だとか、土下座外交だとかという攻撃的な批判があって、それが更に先鋭化して、平間副総理が殺されたという可能性も考えられていました。今回は、後藤内閣のブレーンで、平間副総理と同じ考えを持つ山口明准教授が殺された訳です。一見すると、同じような形の殺人に見えます。私は、何かの新聞か雑誌で、この五年間で後藤内閣の政策自体が微妙に変化している、攻撃的な政策に少しずつ変化しているんじゃないか、それは危険だ、というような論説を読んだ事があるんです」

亀井刑事が、いうと、十津川も頷いて、

「確かに、私もそうした社説だかを読んだ事がある」

「その新聞社は、今回グループの連中が抗議文を送った所ですよ」

と、亀井が少し声を大きくして、いった。

確かにこのK新聞社は、後藤内閣の政策が微妙に変化している事も、批判しているのだ。

「もう一度、山口明の恋人に会ってみたい」

と、十津川は、いった。

翌日、十津川と亀井は、杉下あけみに会いに四谷に向った。

前回と同じ、出版社近くのカフェを使った。

「くどいかも知れませんが」

と、十津川は、断ってから、

「山口さんは、後藤内閣のブレーンをやっておられましたが、亡くなった時も、ブレーンだったんですか?」

と、きくと、

「そうです。でも、彼、辞職願を出していました」

と、あけみが、いった。

「しかし、山口さんは、平間副総理のアジア歴訪に、同行していたじゃありませんか？　今になって、なぜ後藤内閣のブレーンを辞職しようとしていたんですか？」

と、十津川が、きく。

「いろいろとあるんですけど、山口が死んでしまった今では、お話しても仕方がないような気がしますけど」

「いや、ぜひ、話して下さい」

と、十津川は、いった。

「実は、山口は、五年前の平間副総理のアジア歴訪に賭けていたんです」

と、あけみは、いう。

「それは、どういうことですか？」

「平間先生は、外交、特に、アジア外交の第一人者で、各国に知己が、おありでした。日本のアジア外交は、行き詰って、動きが取れない。そこで、後藤首相は、平間先生を呼び寄せ、副総理として、一週間にわたって、アジア歴訪を頼み、行き詰っているアジア外交に、何とか風穴をあけてくれるように、頼んだんです。ただ、その際後藤首相は、一つだけ注文をつけました。平間先生の信念でもあるアジア諸国との平和外交、融和政策が、すぐ、効果があるなら、各国で、その考え、政策を広げてくれ。しかし、即効がない場合は、強硬姿勢で、ケンカを売って来てくれという注文です」

「何故、そんな注文を？」

「どちらも、内閣の、後藤首相の人気になるからです。例えば、北朝鮮の代表に対して、どんなに御機嫌を取っても、拉致被害者の帰還の手口ができたら、それだけで、後藤内閣の人気は、急上昇します。逆に、上手くいかないとみたら、すぐ強硬姿勢を取る。向うの責任者にケンカを売ってもいい。バカ呼ばわりしてもいい。それが、人気のもとになるのは、アメリカのトランプ大統領を見てもわかります。一番まずいのは、十年間、二十年間を計算した、ゆっくりした緩和政策であり、外交政策だと、後藤首相は、考えていたわけです」

「それは、本当の話なんですか？」

「平間副総理のアジア歴訪に同行した山口が私にいったのですから、本当の話です」

「なぜ、後藤首相は、平間剛を使って、そんなアジア外交を始めようと考えたんでしょうか？」

「それは、当時、後藤首相の人気がなく、特に対アジア外交は、無策だと批判されて

ね」

「それにしても、アジア歴訪を頼んだ平間副総理に、奇妙な要求を出したものです

「後藤首相が、小心で、すぐ効果が出る政策に固執したからだと思います。それに、総理の任期は二期八年です。彼が、望まれて、三期務められる可能性は、ほとんどありませんから」

「しかし、外交というのは、長いスパンで考えるべきものでしょう？」

「ええ。平間先生も、山口も、その考えです」

「それなのに、何故、後藤首相の妙な注文を受け入れて、平間副総理はアジア歴訪に出かけ、山口さんも、同行したんですか？」

「山口は、賭けたんだと、いっていました。彼も、平間先生も」

と、杉下あけみは、いった。

「しかし、後藤首相の注文を受け入れて、出かけたわけでしょう？」

「ええ」

「だから、何故？」

と、十津川が、しつこく、きく。

「平間先生も、山口も、日本の外交、特にアジア外交に、危機感を持っていました。今のままでは、アジアで孤立してしまう。日本人の悪い癖で、全て、日本人の眼で見る。政府も日本側からしか物事を見ない。例えば、朝鮮問題では、明治以来、日本の政府は、一貫して、日本からしか朝鮮を見て来なかった。朝鮮は自力では近代化が出来ない国だから、日本の植民地として、近代化してやろうと勝手に考えて、植民地にしてしまったのです。

現在でも、勝手な思い込みは変りません。特にアジアに対しては、です。北朝鮮に対して、日本の政財界の人々は、必ず、こういいます。北朝鮮は経済が苦しいから、最後には日本に経済援助を求めてくるだろうと。それを平気で口にしたり、政策として発表したりするのです。北朝鮮が経済的に苦しいことは事実でしょう。しかし、こうまで明らさまにいわれたら、向うにも、面子があるから、経済援助は、中国やロシアに頼むでしょう。そうなれば、拉致問題の解決は、当然、遠くなってしまいます。

親日で有名なマレーシアについても、同じような配慮が必要です。ある日の新聞に、こんな記事が出ていました。マレーシアの九十歳の首相の談話です。日本の憲法改正運動について、こういっています。「日本が戦争に行くような憲法改正は困る」と。太平洋戦争の時、日本軍は、勝手にマレーシアを戦場にした。そのことは、現地の人は忘れないし、怖いんです。だから、日本が憲法改正するのは勝手だろうといっても、アジアの多くの人たちは心配しているんです。そのことを考えて、改憲を考えなければいけないのに、そんなのは、土下座外交と批判する人が、多いんです。平間先生も山口も、心配して、この際、今までの強硬外交を改めて、柔軟な平和外交を進めようと、決めて、アジア歴訪を決めたんです」

「しかし、それは、後藤内閣の方針とは、違うわけでしょう？」

「それを承知で、平間副総理は、アジア各国で、相手の要望をまず聞き、それに合わせる外交方針を相手に示したんです」

「そんなことをすれば、後藤総理たちは、怒り心頭なんじゃありませんか？」

「それを覚悟の上の、五年前の平間副総理のアジア歴訪だったんです。後藤総理は怒り心頭でも、日本のアジア外交を変えよう、少なくとも、変えたい政治家がいることを知って貰いたいという気持だったと、山口は、いってました。平間先生は、死を覚悟してのアジア歴訪だったと言っていたそうです」

「死を覚悟してですか？」

「ええ」

「そうでしょうね。以前から、平間剛や山口准教授に対して、批判的な人間もいれば、後藤内閣の本音を、ぶちこわしたことへの後藤陣営の怒りもありますからね。容疑者は両側にいたわけですからね」

「それなのに、なぜ、Nホテルで報告会など、開いたんですか？　危険なのに」

と、亀井が、きいた。

「あの報告会は、後藤内閣主催です」

「なるほど。後藤首相の主催ということですか？」

「正確には、後藤首相の私設団体『政治研究会』の主催です」

「ブレーンの山口准教授とは、関係ないんですか？」

「後藤首相には、いくつもの政治研究会が、ありましたから」

と、あけみは、いった。

「なるほど。平間剛の考えに反対の研究会も持っていたわけですね」

「後藤首相のことを、扇風機と、陰口を叩く人もいると、山口は、いっていました」

「右でも左でも首を振るというわけですか？」

と、十津川は、笑った。

「それで、山口さんは、ブレーンを辞めるつもりだった？」

亀井が、きいた。

「そうです。ですから、かなり前から後藤内閣のブレーンは、辞めたがっていたんです。後藤内閣の本音は、平和外交じゃありませんでしたから」

「となると、後藤内閣のブレーンだったから、殺されたとは、断定できませんね」

亀井が、十津川に、いった。

それを受けて、十津川は、改めて、あけみに、きいた。

「山口さんは、いつ頃から後藤内閣の外交政策に対して失望というか、違和感を持っていらっしゃったんでしょうか」

「それは、平間副総理が亡くなってからだと思います」

「その頃から、あなたに向かってそうした不満を言っていたんですか？」

「そうですけども、特に一年前くらいから時々、雑誌などに後藤内閣の外交政策の変節について書いていましたから」

「それでは、その雑誌をもし持っていたら見せてもらえませんか」

あけみは一旦、カフェを出て出版社に戻り、その雑誌を持って来てくれた。

『日本研究』という雑誌である。一年前の新年号で、日本の外交を特集していて、巻頭の論説の書き手が山口明になっていた。そのタイトルは「日本外交の変節」である。

十津川は礼をいい、杉下あけみに出版社に戻ってもらった後、その論文に目を通し、その後亀井刑事にも読んでもらう事にした。その論文の論旨は、こうであった。

「自分は後藤代議士が総理になる前からの付き合いがあった。そして政府の外交、特にアジアの外交について色々と話し合っていて、後藤内閣が出来ると同時にブレーンとして迎え入れられた。その時自分は、今までの保守党内閣の政策、特にアジア政策は間違っていると考えていた。アジアには中国、韓国、北朝鮮、ベトナム、タイ、ミャンマーと様々な国が独立国としてあるが、もしその内の一国か二国が、滅びてしまったら、間違いなくアジアは、元の植民地になる危険がある。これは、ヨーロッパでフランスやドイツ、イギリスなどが消えてしまえば、間違いなくEUは滅亡するだろう。それと同じ事である。

そこで、是非アジアでは日本が中心となって平和政策、融和政策、非干渉政策を実行してもらいたい。その為には、平間氏を迎えて副総理としてアジア各国を回ってもらえばいい。そう献策したら後藤総理が自分の考えを聞き入れてくれたので、ほっとしていたのだが、外遊の後、あの事件が起きてしまった。

私としては、平間副総理が死んでもその政策は後藤内閣として守ってもらいたいと思っていたのだが、今日までの間に、少しずつ変節していく、変わっていくのがわかった。明らかに、今までの保守内閣と同じような強硬政策を取ろうとしている。もし、日本が強硬政策を取れば、中国も韓国も、北朝鮮もそしてベトナムやタイやミャンマーも、同じように強硬政策を取るだろう。そうすればアジア諸国は、お互いを傷つけ合ってまた元の植民地に戻っていく懸念がある。そこで私は、後藤総理にブレーンである事を辞めさせて欲しいと願い出た。それは私のささやかな、後藤内閣の変節に対する抗議である」

亀井もその論文を読み終わってから、

「ちょっと迷いますね」

と、いった。

問題の雑誌が実際に何部売れているのか調べてみると、八万部だという。今の時代、総合雑誌で八万部は多い方である。そのうえ、山口明の論文は、新年号の巻頭論文である。したがって、かなり多くの人間が読んだと思われるし、また山口はN大の政治学の准教授だから、学生に向かっても自分の所信を話していただろう。

とすれば、山口の、後藤内閣の外交政策が変節している、という指摘は、かなり多くの人間が知っていた筈である。その理由でブレーンを辞めたいという主張も、知っている人が多かったのではないだろうか。それなのに、なぜ山口明に向かって抗議の手紙が送られてきたり、そしてその挙句に殺されてしまったりしたのか。ブレーンを辞めた後も、後藤内閣にとって、山口明は、邪魔な存在であり続けるからか。

「後藤総理に会って、平間副総理の死後、外交政策が変化したかどうか、それとも、最初から変わってないのか聞いてみたいね」

と、十津川が、いった。

もちろん、直接後藤総理に会う事は出来ないだろうから、後藤総理の政策についてよく知っている元秘書に会って話を聞く事にした。

総理ともなれば、秘書は何人もいる。政策秘書もいれば、個人秘書もいる。その中で、ナンバー3の中に入るといわれていた、三浦という元秘書が会ってくれる事になった。

三浦は六十五歳。後藤が閣外で雌伏していた頃からの個人秘書である。

十津川と亀井は、三浦が指定した赤坂のカフェで会う事になった。

十津川は前置きをせず、いきなり山口明が書いた「日本外交の変節」という論文について聞いてみた。

三浦は、山口の問題の論文は読んでいるといったあと、

「しかし、後藤内閣の外交政策の変節というのは間違っていますね。自由な対応と言った方が、合っているんじゃありませんか。変わってはいけないと言われたら、日本の外交が硬直してしまいますからね」

と、いうのである。

「しかし山口さんは、後藤内閣の外交政策、特に、対アジア外交が融和から強硬に変ってしまったので、ブレーンを辞めたいと言っていたそうじゃないですか」

「確かにそうですが、まあ、五年間もブレーンをやっていた訳ですから、総理としてもそろそろブレーンを変えた方が良いんじゃないかと考えていたんじゃありませんかね」

といって笑う。

「もう一度聞きますが、山口さんの『変節』という言葉を、どう受け取っているんですか？　その通りだと、首相は、思っていましたか？」

「日本が一番大事にしなければいけないのはアメリカとの関係です。だから、アメリカとの外交は変わりませんよ、これは」

といった。

「しかし、アジアの外交が変わってしまったら、まずいんじゃありませんか？　日本としては」

「いや、そんな事はありません。アメリカに対する政策が主で、アジア外交の方は従ですから。日本はその両方とも変わらないとすると、それは今言ったような硬直化した外交となってしまいますから」

　と、繰り返すのである。

「ブレーンだった山口さんが殺されましたよね。それについて三浦さんはどう思っているんですか？」

　と、亀井が、きいた。

「それについては私には、わかりません。たぶん個人的に、山口さんの事を恨んでいる人が、殺したんじゃありませんか？　ですから、後藤総理とも、後藤内閣とも関係ありませんよ」

「しかし、後藤内閣のブレーンを五年もやっていたんですよ」

「ブレーンはあくまでもブレーンですし、別に山口さん一人だけがブレーンという訳じゃありませんからね。様々な人が総理の周りにはブレーンでいます。その中から、これは正しいと思う政策を検討して、内閣として実行していくわけですから、別に山口さんの考える外交を、内閣として実行している訳じゃありませんから」

と、三浦は繰り返した。

「今、三浦さんが言われた事は、後藤総理の考えと見ていいんですか？」

十津川がいうと、三浦はなぜか嬉しそうに微笑して、

「そうですね。そう見られたら、秘書としては、望外の喜びですよ」

と、いった。

どうやら、この元秘書は、後藤総理のプライバシーにも、かなり食い込んでいるらしいと感じた。

しかし、それ以上、捜査に役立つような話は聞けなかった。

3

捜査は、停滞した。事件がつながらないのだ。

そのまま、時間だけが、経過する。

あっという間に、年末になり、平間副総理暗殺事件から、六年目を迎えた。

元旦の新聞朝刊を見て、十津川は、奇妙な思いになった。新聞の一面である。

「戦後最大の防衛予算五兆円」

とあった。十津川が奇妙に感じたのは、その数字ではなく、見出しに添えられた後藤総理の言葉だった。

「日本も大国になったと思う」

これが、後藤総理の談話なのだ。

（総理は、六年前、平間副総理にアジア歴訪をさせて平和外交と融和政策を伝えたのではなかったのか）

更に、同じ第一面に、刺激的な言葉が並んでいた。

「後藤内閣、空母建造承認」

「F‐35A新鋭戦闘機　百五十機の追加輸入も承認」

これにも、後藤総理の談話「日本も大国になった」が、かぶさるのか。

十津川には、後藤総理が、別人に見えてきた。

急いで、過去五年間の新年談話を確認したくなって、国会図書館に行った。

平間副総理が、十日間のアジア歴訪から帰国した、その翌年の正月元旦の総理談話からである。

十津川は、五年間の総理談話を、手帳に書きつけていった。

「任期内の憲法改正を主張。主眼は第九条と交戦権の明記」

「空中給油機五機の保有を決定。専守防衛問題には抵触せず」

「宇宙防衛本部を設立」

「改めて憲法改正を急ぐと約束」

そして、今年の新年談話である。

これは、全て、新年を迎えての談話だが、記事のページには、後藤総理の詳しい話が、のっていた。

そちらも、かなり、威勢のいいものだった。

憲法改正についていえば、若い時からの願いであり、また、義父であり、先代の総理だった後藤敬介の願いでもあるとしている。政界で、後藤家は名門である。とにかく、総理大臣を二人も出しているからだ。

そのことを、強調していたし、全体に、勇ましい。

後藤財閥を作った後藤宗一郎も、総理になった後藤敬介も、薩摩出身らしく、富国強兵から、大国日本の復興を主張している。

後藤敬介としては、その政策路線の実行者として婿の恵一郎を迎えたのだろうし、国立大からハーバードを出た恵一郎に期待したに違いない。

だからこそ、強力に恵一郎を押し、とにかく、総理大臣にすることに成功した。

しかし、元総理の義父の後ろ盾があるにも拘らず、あと一歩の押しが不足していた。

そして、彼自身の野心と、義父の期待に添いたい気持とが、複雑に絡み合った結果だったのか、奇妙な人事施策を行った。

それが、後藤敬介元総理の主義と反対の考えを持つ平間剛を、副総理に迎えて、アジア各国を歴訪させることだった。

平和外交と融和政策を提案しながら、それが実行出来ないような方向に持っていく。結局、義父の主張と同じ政策に持っていけば、国内の反対派も、うまく押さえられる。いかにも、国立大―ハーバード出身の秀才らしい考えだという声もあった。

しかし、平間剛に裏切られてしまった。

多分、義父の敬介は、激怒しただろう。だが、平間剛が、暗殺されてしまった。そうなると、恵一郎は、むき出しの保守派として、義父の主張に添った談話を発表し、実行していくしかなかったのだろう。

4

十津川は、菅沼功一郎が、後藤総理の意向を忖度《そんたく》して、平間副総理を射殺したかどうかに、捜査を持っていかなければならなかった。

もちろん、それが、証明できたとしても、後藤総理を、逮捕することは、出来ない。

だが、後藤総理を、退任させることは、出来るかも知れないと、十津川は、思った。

そのためには、二つのことを証明しなければならないのである。

一つは、菅沼功一郎が、後藤総理に対して、大きな恩議、負い目を持っていたこと。

二つ目は、後藤恵一郎には、もともと、平和外交、融和政策の考えは無く、義父の後藤敬介と同じく、或いは、それ以上に、右翼的な考えの持主であること。

この二つの証明である。

二つの捜査とも、秘かに、わからないように、やる必要があった。

後藤総理の秘書を辞めた三浦からは、現役でないため、比較的楽に、話を聞くことが出来た。

三浦元秘書は、長く、後藤恵一郎の秘書をやっていたため、後藤一族のことにも、詳しかった。

それに、後藤一族についての本も出していたので、その両方から、後藤一族のことや、前総理後藤敬介と、現総理後藤恵一郎との確執なども、知ることが出来た。

現在、政治一家として知られる後藤家の躍進は、明治維新に遡る。

明治維新の勝者といえば、薩摩、長州、土佐といえるだろう。

特に、薩摩と長州である。

従って、明治維新の功労者といえば、長州の木戸孝允《たかよし》、薩摩の西郷隆盛、大久保利通ということになるが、薩摩では、もう一人、陰《かく》れた功労者がいた。それが、後藤宗一郎だという。

明治維新で、後藤宗一郎の名前が知られないのは、西郷にしろ、大久保にしろ、政治の世界に入り、明治政府の要職についたからで、後藤宗一郎は、明治時代が始まると、すぐ、民間に、移ったからだった。ある意味、変り身の早さである。

維新の功労者の多くは、長州の木戸孝允にしろ、薩摩の西郷隆盛、大久保利通にしろ、全てが下級武士の出身である。そして、明治維新によって、新しい商人も生まれた。

しかも江戸時代とは違った新しい商人であり、財閥だった。

新しい日本国は、富国強兵を目標に選んだ。その為には、前のように藩単位での産業ではなくて、国が指導する産業が必要だった。例えば、世界との国交が始まると、まず港湾の施設の充実が必要だったが、これは国家が金を出してやる事になった。

また、新しい国としての産業。例えば北海道の鉱山・石炭。これも全て国が金を出して始めた。そして何年か過ぎると、これを民間に払い下げた。

この時、それを狙って賄賂が横行した。この賄賂の横行は酷《ひど》いもので、小樽などの港湾の払い下げを狙ったり、あるいは北海道内の鉱山の払い下げを狙って、連日の様に民間業者から役人への接待が行われている。賄賂を受ける北海道開拓使官からして、下級武士の出である。成り上りだから、平気で供応を受け、賄賂を受け取った。千万単位で整備された港湾施設や、炭鉱が、百万単位で民間に払い下げられた。叩き売りである。

これによって厖大な利益をあげたものが、三井、三菱という新しい財閥の出現になった。その中に、後藤宗一郎もいたのである。

彼は、素早く、政界から民間に移ったが、西郷や大久保とのコネは、残しておいた。おかげで、政府が金を出して造った港湾や、工場施設などを、格安で払い下げて貰い、たちまち、資産を増やしていったのだ。それがあまりにも安かったために、問題視されたこともあったが、そうした疑惑は、西郷や大久保の作った明治政府が、上から、抑えつけた。

当時、宗一郎は三井、三菱に次ぐ資産家だったといわれている。太平洋戦争が、敗北に終った後、当時の後藤家の当主、後藤宗之は後藤財閥の資金力を使って、今の保守党を創った。その子、後藤敬介は、保守党の首相になった。これが現首相恵一郎の義父である。

今も九十歳を過ぎ、依然として力を誇示している。ただ、後藤敬介には娘はいたが男の子がいなかった。その一人娘の名前は、後藤紀子である。したがって、現在の総理大臣後藤恵一郎は、その一人娘の婿にあたる。

彼の旧姓は木下である。平凡なサラリーマンの家に生まれた。子供の時から聡明で、大学は国立大。そして卒業するとアメリカのハーバード大に留学した。

同じくハーバード大に留学していた紀子とそこで出会い、付き合いが始まり二年後結婚した。木下恵一郎は後藤家の五代目の当主、後藤恵一郎になった。

結婚式の当日、後藤敬介は、婿になった恵一郎に向かって、
「是非、政治の世界に入り、娘の紀子をファーストレディにしてくれ。お願いする」
といった事は有名で、多くの人が知っていた。それを承知で後藤家の婿になった恵一郎は、サラリーマンを辞めて政界に入り、義父敬介の後押しもあって、順調に保守党の中で力を得ていき、六年前、遂に総理大臣になって約束通り、妻の紀子をファーストレディにしたのである。

ここまでは絵に描いたような順調な歴史である。一つだけ上手くいっていなかったのは、総理大臣としての力だった。義父の後藤敬介から見ると、婿の恵一郎は気の弱い所があって、押しが利かない。

敬介には、自分が講和平和条約を成し遂げたという誇りがある。今のところ、婿の恵一郎はこれといった業績が無い。出来れば自分と同じ様に、何か大きな事をやって総理大臣として、名を残してもらいたいと思っているのである。だから、発破をかける。

戦前の後藤家の合言葉は、「強力リーダーシップ」だった。戦後総理大臣になった後藤敬介のモットーは「独立大国」である。

戦前大国だった日本が弱小国の中に数えられるのは、我慢がならない。国を富まし

て昔のような大国になる。それが、前の総理後藤敬介の願いだった。その為に憲法の改正と経済大国を目指していたが、前者が叶わないままに引退し、それを婿の恵一郎に託したのである。

だが、恵一郎は強力なリーダーシップに欠ける。しかし彼にも自尊心がある。自分も総理大臣として何か目立った事をやり遂げたい。考え方ついては義父に賛成だったが、どんな国にするかについては、自分なりの言葉で、主張もしたかった。

義父の前総理大臣後藤敬介は、恵一郎に向かって言ってきたという。

「私の理想、国民への約束を是非君に実現して貰いたいのだ。私は改憲が最大の約束だったがそれは叶わなかった。その約束を、君の代で成立してもらいたいんだよ。それに、日本が弱小国ではなくて強い国家、大国である事を世界に認めさせたい。何とかしてこの二つの願いを、君に実現してもらいたいのだ」

これが、義父敬介の、恵一郎に対する希望であり叱咤激励だった。

それにもかかわらず、何故か恵一郎は平和憲法、国際融和を理想とするN大の准教授、山口明をブレーンに迎えたり、平和外交の主張者として有名な平間剛を、わざわざ副総理に迎えたりしている。これは、実は、義父である元総理の後藤敬介に対する恵一郎の反抗であったと、二人の事をよく知っている記者が次の様に週刊誌上で、暴露していた。

「これは後藤恵一郎の政治家としての信念・主張と言うよりも、子供っぽい反抗である。一部では、エリートらしい、考え抜いた人事とも言われているが、あまりにも義父が偉大であり、何かにつけて自分の主張を押し付けてくるのに、面と向かって抗議できない。それに対する、子供じみた反抗である。

その証拠に、彼自身の本音を聞くと、ほとんど義父であり元総理大臣の後藤敬介の主張と変わらないのだ。それならば、さっさと義父の願いを実行すればいいのに、それが出来ない。カッコウつける。そうした所が現総理の後藤恵一郎が小物であり、大人になっていない証拠でもあるが、政治家としては、これでは困るのだ」

これが、後藤恵一郎をよく知る政治記者の後藤恵一郎評だった。

しかし後藤恵一郎は、副総理に迎えた平間剛を、十日間にわたるアジア歴訪に出発させている。平間副総理は中国、北朝鮮、韓国などを始めとしてアジア各国を巡り、今後の日本の外交政策について説明して帰って来ている。

これに対しても、後藤総理の秘書の一人が、古手の政治記者に対して次のように真相を打ち明けていたことがわかった。

杉下あけみが、山口明から聞いた話とは、少し違っているが、政治とは、そういうものだろう。

「確かに総理の後藤恵一郎は、平和主義者の平間副総理を、十日間のアジア歴訪に出発させましたよ。そして今後の日本外交について話をさせたけど、本音は違うんです。と言うのはね、出発に際して後藤総理は平間副総理に向かって、こういう約束をさせているんですよ。

それは『平和外交と融和政策を主張する。その代わりに、そちらの政府でもすぐさま日本の政策に感動したので、同じ様な主張を発表する。つまり、日本国の政府の要望に対して同じ様に平和外交を推進し、融和政策を執る。その事を約束させる。つまり、日本主導であることを大々的に世界に向かって発表して欲しい。そのことを必ず付け加えて欲しい』と後藤総理は出発する平間副総理に命令した。絶対にやって欲しいと。

ところが平間副総理はその約束を破って、平和外交と融和政策だけを約束して後半の部分を主張せず帰国した。たぶん、後藤総理は怒り心頭に発していたと思う」

「後藤総理は何故そんな事を、平間副総理に約束させたんでしょうか？」

政治記者が質問し、それに対して、次のように総理の秘書は話したという。

「後藤総理の考えは元々、義父の元総理、後藤敬介と似ているんですが、しかし後藤総理の悪い所は、名前を上げられれば政策はどちらでもいい。強硬外交でもいいし、平和外交でも良いんですよ。どちらにしても世界的に自分の名前が上がって、世界をリードしているという評判が取れればいいんです。だからどちらとも取れる奇妙な指示を与えて、平間副総理をアジア歴訪に出発させたんです。

しかし、元々平和外交の推進者である平間副総理が、自分の手柄であるかのような後藤総理の主張を、そのまま外国に伝える筈がありませんよ。だから自分の信念に従って、平和外交を推進して、後藤総理の主張はカットしてしまった。それを読めなかったのは、明らかに後藤総理の頭の悪さというか、洞察力の無さですよ」

これが、ひそかに伝えられる平間副総理に同行した後藤総理の秘書の話だが、後藤総理にしてみれば、その秘書を目付け役として平間副総理に同行させたのかも知れない。

しかし、いくら総理の秘書といっても、副総理と二人だけになった時にいちいち、「それは出来ない」とか「それは困ります」とはいえないだろう。

それで帰国した後、総理に叱られたのか彼は、秘書を辞めている。

そして、平間副総理は帰国してホテルで帰朝報告をした夜、殺害された。

一時、怒った後藤総理が誰かに殺させたのではないかという噂が立ったが、これはあくまでも噂でしかない。

怒った後藤総理が、その翌年の元旦の言葉として改憲の話をしたり、その次の年の正月も、三年後の正月元旦にも同じように、談話を新聞に載せ続けた。

それにも自分の政治信条を謳っている。というよりも、それらしき事を語っているが全て、平間副総理が約束してきた平和外交、融和政策とは反対の言葉である。

十津川から見れば、義父の後藤敬介に激怒され、また賢夫人といわれて恐れられている妻の紀子への弁明の言葉なのだろう。改憲とか国軍とか、航空母艦とか、そうした勇ましい言葉によって、自分の立場を弁明させている所があるのかもしれない。

ずるいのは、殺された平間副総理の主張を表立って、否定しないことだ。否定しないが、それと全く反対の主張や言葉を毎年元旦にマスコミに発表している。十津川から見れば小ずるい所である。ただ、平間副総理が殺されたり、後藤首相が毎年元旦に勇ましい談話を発表することを、アジア各国はどう見ているのだろうか。それに対して様々な見方があり、賛否があった。

その中に十津川が最も納得したのが、ベテラン政治評論家の発表した、総合雑誌上の意見である。

「平間副総理がアジア各国を訪ねて、今後日本は、平和外交を推進し融和政策を執ると説明した時、恐らくアジア各国はそれを、歓迎したと思う。なぜなら現在の日本人は忘れてしまっているかもしれないが、アジア各国は、太平洋戦争で攻め込まれたり、戦場になったりして痛い目に遭っている。いまだにアジア各国から見れば、日本は被害者ではなく加害者なのだ。

その日本が今後は平和外交を執り、融和政策を行うと主張した事、これに対しては歓迎したであろうし、ホッとしたとも思う。私がアジア各国、特に小国であるといわれているマレーシアやベトナム、ミャンマーなどでの政治家と話していて気が付くのは日本の政策に対して、大変敏感になっている事である。

例えば、日本が改憲を主張する。それは日本の勝手だという人もいるし、しかし憲法を改めるといったり、自衛隊を国軍にすると言っただけで、ベトナムやマレーシアやミャンマーなどの政治家たちはまた、日本が攻めて来るのではないかと考えて、警戒してしまうのである。それは各国の人々の頭の中にある日本が、加害者日本だからだ。その日本がこれから平和外交をし、融和政策を執ると主張した。それだけでもホッとするのである。

ただし、それに対し賛成しろというのは、日本が命令する事ではない。国内事情だってあるし小国にも面子があるからだ。したがって、簡単に歓迎するというものではない。そうしている内に、平間副総理は殺されてしまったし、後藤総理大臣は、次の年頭から、改憲を唱えたり、大国を唱えたり、自衛隊を国軍にして海外派兵をやり、またヘリコプター空母を正式な空母にするという言葉を投げつけたりしているので、たぶん、現在のアジア各国は、日本の政府、政策を信用しなくなってしまうだろう。このままいけば、アジア情勢は、更に険悪化するに決っている。

そこで、後藤総理が、勇気を持って、次の年の年頭所感で平間副総理の声明、平和外交と融和政策を絶対に守ると約束すれば、アジア各国は、安心する。何故、そうしないのか。

今のままで、自分たちの勝手だろうと、憲法改正を言明したり、新しい空母を造ると言ったりすれば、アジア各国は、加害者日本を思い出して、警戒してしまうに違いない」

十津川は、この解説に説得力があると感じた。

第六章　黒い五分間の謎

1

　しかし、自分の仕事は、日本政治の真相の解明ではなく、あくまでも、殺人事件の解明だと、十津川は、言い聞かせた。

　五年間に、三人の人間が殺されているのだ。

　最初に、アジア歴訪から帰国したばかりの副総理平間剛が、暗殺された。

　その五年後に、「えちごトキめき鉄道」の普通列車の中で、元警視庁刑事が、毒殺された。しかも、その元刑事は、副総理暗殺事件の捜査員の一人だった。

　そして、今度は、後藤総理、後藤内閣の政策ブレーンだった、N大准教授山口明の殺害である。

この三つの事件を解決するのが、十津川の仕事だから、政治の解説にばかりこだわっている訳にはいかないのだ。

しかし、今の政治が複雑怪奇だと考えると、簡単に平間副総理や山口N大教授の意見に反対する人間の犯罪と決めつける訳にはいかなくなってくる。十津川は、「後藤総理の政策」と題した本から目を上げて、ため息をついた。

「容疑者の絞り込みが難しいね」

と、十津川は亀井にいった。

「今読んでいた本にも、後藤総理大臣の政策が、よくわからないと書かれていた」

その時、十津川の携帯が鳴り、次の事件の知らせが届いた。

名古屋から東京に出て来ていた菅沼功一郎が射撃大会の会場で、銃の暴発で亡くなったという知らせだった。

先日は、浜松の射撃場で運良く見かけたが、山口射殺の報を受け、話すことなく名古屋から帰ってきていた。

殺人ではなく事故だというが、十津川は迷う事無く現場に急行した。

東京の真ん中、青山に新しい射撃場が出来ていた。そこでハンティング・ワールドの大会が行われていた。

メンバーの半数が全国から集まって来て、各自自慢の猟銃やライフルを使っての射撃大会が開かれていたが、その時に名古屋から出て来ていた会員の一人、菅沼功一郎が自分の銃をいじっていて暴発し、死亡したというのである。

すでに地元の渋谷警察署が、初動捜査に来ていて、その中の刑事の一人が十津川に説明してくれた。

「銃の暴発である事は、間違いありませんね。ハンティング・ワールドという世界的な組織があるそうで、日本支部は、全員で三十人ぐらい、その内の十二人が集まって今日射撃大会をやっていて、その時銃の手入れ中に、暴発して亡くなったという事です。会員たちに聞いたんですが、被害者が恨まれていた様子も無いし、紳士的な会だと言い、会員たちは、殺人とは思えないということで意見は一致しています」

「それで、一緒に、秋山けいという女性は来ていませんか？　名古屋で同じマンションに住んでいる、同じ射撃場の会員ですが」

と、十津川が、きいた。

「そういえば、女性が一緒に救急車で病院に行っています。その途中で被害者は亡くなったんですが、女性はまだ病院から帰って来ていません」

と、刑事が教えてくれた。

秋山けいも上京しているのだ。是非会って話を聞きたいと思い、しばらく、射撃場で待っていた。

一時間ほどして、秋山けいが戻って来た。シャネルを着ていた。菅沼功一郎の遺体は、そのまま司法解剖にまわされているという。

「私も同意しました」

と、秋山けいが、いった。

「何か死因に、不審な所があるんですか？」

「それはわかりませんけど、ただ逆に、これが殺人ではない事を証明したいんです」

と、けいが妙な事をいった。

「証明してどうするんですか？」

「ひょっとすると彼は、自殺したのではないかと思っているんです」

といい、そう思う理由は、話してくれなかった。

射撃場の中に洒落たカフェがあり、そこで十津川と亀井は、秋山けいから、死んだ菅沼功一郎について、話を聞く事にした。

「今回はハンティング・ワールド日本支部の射撃大会があって、秋山さんも菅沼さんと一緒に招待された訳ですね？」

と、十津川が、きいた。

「私はハンティング・ワールドの会員ではありませんので、菅沼さんに付いてきたんです」

「理事長は総理大臣ですが、菅沼さんは、総理からの招待ですか?」

「ええ、そう聞いています」

「それで、後藤総理は顔を見せたんですか?」

「いいえ、代理の人が挨拶してそれで終わりでした」

「理事長の後藤総理から、呼び付けられたんじゃないんですか?」

遠慮なく十津川が、きいた。

けいが眉を寄せて、

「どうしてでしょう?」

「いや、そういう風に思っただけですが。菅沼さんは、あっさりと参加を決めたんですか?」

「ええ。彼に一緒に行こうと誘われたんで、一緒に来ました」

「新幹線で来られたんですよね?」

「そうですけど」

「新幹線の中で、今回の射撃大会について菅沼さんは何か言っていませんでしたか？」

「何のことを、おっしゃっているんでしょうか？」

けいが、きいた。十津川は覚悟を決めて、

「実は、六年前、平間副総理がアジア歴訪から帰って来て、その報告会の夜、何者かに射殺されたんです。その事件を追っていたうちの刑事が、去年の三月、えちごトキめき鉄道の車内で毒殺されました。私は、その刑事が泊という駅に住んでいた富永秀英という男に会いに行って、犯人がその男に会わせたくなくて、殺したのだと考えているんです。つまり、大きな原因として、射殺された平間副総理の事件、それが絡んでいるんじゃないか。もっとはっきり言えばですね、犯人は菅沼さんじゃないのか。そんな風に考えているんです。その菅沼さんの口を封じようとして、その人間が、今回のこの射撃大会に、菅沼さんを呼んだのではないか。そういう風に考えているんですが、違いますかね」

「私にはわかりませんけど」

と、けいが、いう。

「去年の三月十三日、あなたと菅沼さんは、えちごトキめき鉄道に乗りましたか？」

十津川が、きく。

「いえ、そんな列車には乗ったことはありません」

秋山けいの答えに、十津川は、続けて、

「菅沼さんは何んの疑いも無く、この大会にいらっしゃったんですか？　何か言っていたんじゃありませんか？　だからあなたは事故死にも関わらず、司法解剖を望んだ。そうなんじゃありませんか。これまでの三つの殺人事件に関係してるかも知れないし、日本の将来に関係があるかも知れませんので、正直に話してもらいたいんですよ。どうなんでしょう？」

十津川が繰り返した。

秋山けいは、すぐには返事をしなかったが、間を置いてから、

「彼は、新幹線の中でこんな事を言っていました。『もう決着をつける時かもしれない』って。私が何の事？　と聞くと急に菅沼さんは黙ってしまったんです。そんな事があったので、今回の死が、単なる事故死とは思えなくて、司法解剖にすぐ同意したんです」

と、けいが、いった。

「亡くなった菅沼さんは、どんな信条をお持ちでしたか？」

と、十津川は、きいてみた。

「彼は薩摩の生まれなんです」

と、けいが、いう。

「薩摩ですか」

「彼、剣道をやるんです。示現流《じげん》だと強調してましたけど」

「どういう事でしょう？」

「示現流って、上段にかぶって振り下ろす。それだけだ、と。稽古では、ひたすらそれだけを繰り返していました。肉を切らせて骨を断つ。そして、尊敬する人間には無条件で従う。そういうのが薩摩示現流の信条だと、言っていました」

「菅沼さんは、薩摩の生まれと言われましたね。代々薩摩藩士の家系だという事ですか？」

と、亀井が、きいた。

「これは嘘か本当かわからないんですけど、菅沼さんに言わせると、ご先祖は薩摩藩士で、明治維新の時には西郷隆盛、大久保利通と並んで維新の功労者だった後藤総理の先祖の後藤宗一郎に仕えていたと言うんです。ただ、後藤宗一郎は政界には行かず、実業家の道を歩んだんですけど、その後藤宗一郎に仕えていた菅沼さんの先祖も政界には行かず、実業界に入って、後藤財閥の形成に功労があったそうです」

「そうすると、菅沼功一郎さんと後藤総理とは、前から親しかったという事になってきますか？」

と、十津川が、きいた。

「親しかったかどうかはわかりませんけど、菅沼さんは亡くなった父親から、絶えずこう言われていたそうです。『君君《きみきみ》たらずとも臣臣《しんしん》たれ』と。そう教えられていたそうです」

と、秋山けいが、いった。その言葉で、十津川は少し事件の解決に近付いたような気がした。

えちごトキめき鉄道の件は、深追いせず、秋山けいと別れ、捜査本部に戻る途中で、十津川はやや興奮した口調で、亀井刑事にいった。

「これで、少しばかり自信が生れたよ。平間副総理を殺したのは、菅沼功一郎という男だ」

「それは、菅沼個人が、自ら殺意を持って平間副総理を殺したということですか？」

「いや、そうは思えない。秋山けいが言ったじゃないか。菅沼の父親は『君君たらずとも臣臣たれ』と、いつも教えてたと。菅沼功一郎とその父親は、後藤恵一郎が総理になる前から、後藤財閥と親しくしていた。もっとはっきりいえば後藤財閥の後藤社長に、仕えていたんだ。政治的な意見とか市民的な意見では相違があるが、それでも主君である後藤社長には黙って仕えなければいけない。

たぶん、菅沼功一郎の先祖は、後藤財閥の社長たちに面白くない事があっても、言われたことには従わなくてはならないと、教えていたんだ。射撃の名手である菅沼功一郎は後藤総理に命ぜられてというよりも、後藤の意を酌《く》んで、平間副総理を射殺した。そうした可能性が強いと、私は思っている。今回、菅沼功一郎は銃をいじっていて、それが暴発して死んだと言われているけれども、秋山けいはそう思っていなかった」

「誰かに殺された、ですか？」

「いや自殺だよ。自殺だと思っているんだ」

「なぜ、自殺と？」

「自分の犯した殺人を清算したんじゃないかな。あるいはハンティング・ワールドの会員である菅沼と、理事長の後藤総理の関係を清算したのかもしれない」

「菅沼功一郎が、平間副総理を射殺した犯人だとしても、当人が死んでしまった今、それを証明するのは難しいんじゃありませんか？」

亀井が、いった。

「確かに難しい。ただ、何となく、自然にこの推理が証明されていくような気がして、仕方がないんだ。今日、秋山けいの謎めいた言葉を聞いている内に、そんな気がした」

と、十津川はいった。別に自信がある訳ではなかった。そんな気がしてきたのだ。

2

二日後、丸の内警察署に、行方不明になっていた富永秀英、七十歳が、出頭してきたのである。

現在は、以前住んでいた練馬区内にマンションを借りているという。

その時彼が持参したのが、ハンティング・ワールドの賞品であった腕時計が一つ、裏蓋には「祝　ハンティング・ワールド日本理事長　後藤恵一郎」の名前と受賞者K・Sと、イニシャルが彫られてあった。

もう一つ彼が見せたのは、手紙の写真だった。巻紙に書かれてあった物を、写真に撮っておいたのだという。手紙の文章は、墨で次の様に書かれていた。

「斬奸状

貴殿　平間剛はアジア各国を歴訪し、その際各国の首相に対してひたすら土下座外交を推進し、大いに我が日本国を辱める結果をもたらした。よって、ここに天誅を下すものである」

署名は名前ではなく、「日本国の権威を守る者」とだけ書いてあった。

十津川は、その知らせを受けてすぐ、丸の内警察署へ行き、富永秀英に会った。

問題の腕時計と斬奸状の写しを見ながら十津川は、きいた。

「これを、事件の日、ホテル内のトイレを清掃した時に、発見したんだね？」

「そうです。洗面所で発見しました。ただ、どんな物かわからなかったので、高そうな腕時計と妙な手紙が重ねて置いてあるなと思って、それを持って帰りました」

「それで、暫くしてから犯人を強請《ゆす》った」

「最初は、腕時計の方は質屋にでも持って行って、売ってしまおうと思ったんですよ。高級品に違いないからね。しかし、手紙の方は意味がよくわからなかった。斬奸状という物がどんなものか勉強して、ああこれは、ひょっとすると、平間副総理を殺した犯人が残した物じゃないか、そう思ったんです。そしてトイレのゴミ入れには菅沼病院と入ったメモ切れが、捨てられていました。それには、宴会場の部屋名が書かれていたな。

そして、同じ名前の病院が名古屋にあり、菅沼功一郎という人が実在していた。電話したんですよ。そうしたらいきなり『幾ら欲しい』と聞かれたから、最初は百万と答えたんですよ。そうしたら、『二百万で買う』と言われましてね、手紙を二百万で売りましたよ。ただ、ひょっとして殺されちゃうと困るから、問題の斬奸状の方は、写しを取っておいたんです」

と、富永秀英は、十津川にいった。

「時計は、渡さなかったんだな？」

「質屋に売ったと嘘をつきました。すると、それ以上は、追及してきませんでしたよ。私は問題の手紙だけ渡して、二百万円貰いました。もちろん、写した事は言いませんでしたよ。それにしても、二百万円も払うんだから面白いなと思って聞いたんです。どんなわけで、この手紙を二百万で買うんですか、とね」

「そうしたら相手は、何と答えたんだ？」

と、亀井が、きいた。

「妙な事を言っていましたね。誰に頼まれたとかそういう事は言わずに『君君たらずとも臣臣たれ。宮仕えは辛いな』それだけ言ってましたよ」

富永はいった。

富永は菅沼から金を強請り取ると、富山県の泊に引っ越しをした。田舎で暮らそうと考え、鉄道地図で、えちごトキめき鉄道を目にして、なんとなく惹かれたのだという。

質素な生活を送り、たまに旅行に行くのを楽しみにしていた。

しかし、三月十三日に、泊駅で殺人事件が起こったことが耳に入った。

そして、嫌な予感がして、慌てて家を飛び出したという。

十津川は、これらの話を聞いて、少しホッとした。これで、なぜ菅沼功一郎が六年前、平間副総理を殺したか、それについても十津川は、自分の考えに、自信が持てるようになったからである。

「君君たらずとも臣臣たれか」

と、亀井が富永に向かって、いっている。

「それで、『宮仕えは辛いな』ですよ。それだけで刑事さんは何かわかったんですか？」

「礼を言うよ。強請りはいけないけどね。自首してきてくれて助かった」

と、十津川が、正直にいった。

3

結局、会員の一人が死亡した事によって、ハンティング・ワールド主催の射撃大会は中止となり、菅沼功一郎の遺体は司法解剖されたが何も出ず、事故による死亡という事で、東京で荼毘《だび》に付された。

秋山けいが遺骨を抱いて名古屋に帰るというので、十津川はそれに同行した。

今度は、亀井刑事の代わりに、女性の北条早苗刑事を連れて行く事にした。秋山けいが女性なので、女性刑事の北条早苗の方が、話を聞きやすいのではないかと、思ったからである。

東京から名古屋までの新幹線の中では、秋山けいはほとんど喋らず黙っていた。十津川もあえて彼女に話しかける事はしなかった。

名古屋に着くと、秋山けいは真っ直ぐ自宅マンションに向かった。マンションに入るとけいの表情もいくらか柔らかくなって、

「彼の部屋を、しばらく留守にしていたので掃除をしたい」

といった。それに対して十津川は、

「その後で結構ですから、菅沼さんの部屋をしばらく調べさせて欲しいんですよ。私

にはどうしても、単なる事故死だとは思えないので」

　というと、それに対してけいも了承してくれた。

　一日がかりで、けいが菅沼功一郎の部屋を掃除している間、十津川と北条早苗は近くのホテルで時間を潰したが、その時二人が話し合ったのは、菅沼功一郎が間違いなく、平間副総理殺しの犯人なのかという事、そしてなぜ突然、事故死をしたのか、本当に事故死なのかどうかという事だった。

「やはり気になるのは、菅沼功一郎がよく口にしていたという『君君たらずとも臣臣たれ』という言葉だ」

　と、十津川は、早苗にいった。

「普通なら『君君たらずんば臣臣たらず』ということでしょう」

「薩摩藩士の、流れを受けている人間だとしても、それだけで殺しを引き受けるとは思えない。だから、菅沼功一郎は何か後藤恵一郎に対して、負い目を持っていたんじゃないか。借りを作っていたんじゃないか。それがわかれば、菅沼功一郎が平間副総理を射殺したことも納得がいく」

　と、十津川は、続けて、

「だが、何があったのか。どんな借りがあったのかは想像がつかないんだ」

菅沼はハンティング・ワールドの会員である。自分の猟銃も持っていて、銃には詳しいはずだ。それがどうして、自分の銃を暴発させて死んでしまったのか。そこにも、十津川は疑問を持っていた。

まる一日待って、菅沼功一郎の部屋の掃除が終わり、十津川は一人で部屋の中を調べる事にした。その間、秋山けいの相手を女性刑事の北条早苗に受け持ってもらう事にした。

十津川はまず、2LDKの部屋をゆっくりと見て回った。四十代の男の独り住まいの部屋にしては、落ち着いた感じがする。

同じマンションに秋山けいが住んでいる。なぜ二人は結婚しなかったのだろうか。なぜ一緒に住まなかったのだろう。別に結婚はしなくても同棲は出来ただろうし、同じ独身者である。同棲しても非難を受ける事はない。結婚や内縁関係になることで、相手に迷惑を掛けてしまうと、どちらかが、躊躇したのだろうか。

そんな事を考えながら、今度は部屋を丁寧に見て回った。

机の上にはパソコンと、菅沼が使っていた携帯電話が乗っていた。その携帯は東京での事故死の現場にあった物で、死の原因を突き止めようとして、携帯に入っていた全ての連絡情報などを調べたのだが、菅沼の死が事故死ではない事を示すような、そうした事項は携帯の中には入っていなかった。

そして今回は、目の前にパソコンが置かれている。それを動かして、どんな事が保存されているのかを十津川は調べてみた。入っていたのはほとんど旅行の写真だった。これを見れば菅沼の楽しみの一つが、旅行だった事がわかる。秋山けいと一緒に東北地方を旅した写真も入っていた。見ている中に、急に日本とは違った景色が表われた。

アフリカの風景のようである。そして、これは動画であった。

「ここナミビアでは、野生の動物が野生のままに生活している。獣たちにとっては天国である」

という音声が入って、アフリカのナミビアの景色が映っている。

世界一といわれるナミビアの野生の王国で開かれた、ハンティング・ワールド五十周年記念の大会という垂れ幕も、見えている。もちろん英語だが、野生の王国の中にポツンと建てられたホテルのロビーで開かれていた、ハンティング・ワールドの大会である。

ハンティング・ワールドの信条として、野生の動物を殺さない。野生の動物を大切にする。世界の自然を守ることに奉仕する。動物を守っている国に対して経済援助をする。そうした約束が、この大会で発表されていた。歴史の長いハンティング・ワールドだが、現在では野生動物の狩りなどは出来ない、という事が示されているような発表だった。

なおも画面を、見ていくと「一日だけのハンティング」という文字が見えてきた。ただし、猛獣のハンティングは禁止。増えすぎてしまった草食動物に限って、一日二十頭までが許可された。そして、限定されたハンティングが、ナミビアの大地を区切って行われたらしい。

倒した獲物のそばで、得意げに銃を構えている外国人もいた。

見ていくと今度は、後藤総理が獲物を狩って笑顔で得意げに映っている姿も見る事が出来た。若い顔立ちだから、たぶん総理になってすぐの事だろう。

ハンティング・ワールドはカメラマンを同行させて写真や動画を撮ったのか、それとも後藤総理がカメラマンを連れていったのかは、わからない。

「一日だけの楽しみ　ハンティング・ワールド」というキャプションが絶えず画面に出て来る。

そのうちに、突然画面が黒くなってしまった。そのまま黒い画面が五、六分続いた後、また元に戻って会員たちがハンティングしている様子が映った。約二十分で、「一日だけのハンティング・ワールド」の画面は見終えた。

十津川は気になって、もう一度最初から見直した。最初に映ってくるのは、荒野の中に建つホテルの姿である。英語で「ハンティング・ワールド」の文字が重なってくる。

ホテルのロビーでのパーティーがあり、そして限定されたハンティングが始まるのである。その途中で、日本のグループだけの動画が画面に映し出された。全部で十四人が参加していた。その部分を止め、拡大して、十四人一人一人の顔を十津川は確認していった。

真ん中に、ハンティング・ワールド日本支部の理事長である後藤総理大臣が映っている。そして、ハンティングの恰好をした、夫人の紀子もいる。それをさらに見つめていくと、見つかった。

十四名の中に、菅沼の顔もあったのだ。しかし、秋山けいの顔は無い。このハンティングに菅沼は参加したが秋山けいは参加しなかったらしい。最も気になったのは、五分間の黒い画面だった。たぶん、誰かプロのカメラマンが同行していて、彼の撮ったハンティングのフィルムの一部を消してしまったのだ。

そこに何が映っていたのか。十津川は無性にそれが知りたくなった。

十津川は、そのアフリカでのハンティングの部分を、パソコンから自分の携帯に移し取った。遅くまで部屋全体を調べて、十津川が気になったのは、黒い五分間だけだった。

翌日。十津川はホテルの夕食に、秋山けいを招待した。

「何か見つかりました？」

と、食事の途中でけいが、きいた。

「パソコンの中に、六年前だと思うんですが、アフリカでハンティング・ワールドが開かれて、総理になったばかりの後藤恵一郎が参加し、菅沼さんも参加しているのがわかりました。けいさんは参加していなかったんですか？」

十津川が、きいた。

「あれは、総理になったばかりの後藤総理から、菅沼さんだけに招待があったんです。私は会員ではありませんし」

「このハンティング・ワールドから帰って来た時の、菅沼さんの様子はいかがでした。楽しそうでしたか？　嬉しそうでしたか？」

と、十津川が、きいた。

「ひどく、疲れた顔をしていました。私としては、アフリカではたぶん最後のハンティングでしょうし、その事について色々と聞きたかったんですけど、何か答えたくない様子で、疲れていて辛そうでしたから、何も聞きませんでした」

と、秋山けいが、いった。

「その後、何か、菅沼さんはこのハンティングについてあなたに話した事はありますか？」

と、十津川は更にきいてみた。

「なんとなく、私と彼の間では、この話は禁句になってしまって。ですから私も聞けませんし、彼も話してくれません」

「その事について、どう思いました？」

「アフリカでのハンティングで、思うような成果が出せず、落ち込んでいるのかなと、思っていたんですけど、他に何か、理由があるでしょうか？」

と、今度は彼女の方から、きいてきた。

「実は、そのハンティングの動画が、見つかりましたが、こんな状態になっていました」

十津川は自分の携帯に移した、二十分の動画を秋山けいに見せ、北条早苗にも見てもらった。

「気になったのは、黒く消された部分なんです。これは明らかに後から消されています。なぜ、消したのか。ハンティングに同行したカメラマンが消したのか。菅沼功一郎さんが消したのか。ここに本当は何が映っていたのかぜひ知りたいんですよ」

といったが、けいは、

「私にはわかりません。今もいったように、彼はアフリカでのハンティングについて、何故か話したがりませんでしたから」

「これからどうするんですか？」

十津川が、きくと、

「鹿児島に菅沼家の菩提寺があるんです。明日にでも彼の遺骨を持って行って、その菩提寺に納めようと思っています」

と、秋山けいが答えた。

翌日、鹿児島に出発する秋山けいを見送った後、十津川は近くのカフェで北条早苗と話し合った。

「君は丸一日、彼女と一緒にいたんだから、何を話したのか教えてくれ」

十津川はいった。

「色んな話をしましたけど、今でも彼女は菅沼功一郎が事故死に見せかけて、自殺したんだと思っているみたいです」

「どうして、そう思っているんだろう？」

「彼は、父親の代からハンティング・ワールド日本支部の会員だったんです。銃の取り扱いには、十代の頃から慣れていた。そんな人が自分の銃をいじっていて、暴発で死ぬなんて、そんな事はあり得ないと彼女は言うんです。

第一故障箇所を調べる時、誰だって実弾は取り除いてから調べるでしょう？　それなのに彼は、銃の扱いに慣れているくせに、実弾を入れたまま故障箇所を直していて、弾丸が発射され、それが彼の心臓を貫いて死んでしまったんです。あれはどう考えたって事故で死んだんじゃありません。覚悟して、事故死に見せかけて死んだんです、と彼女は言うんですよ」

「なるほどね」

「もう一つ、彼女はこんなことも言っていました。今回の東京のハンティング・ワールド日本の射撃大会に、理事長の後藤総理大臣の名前で、菅沼さんに、招待状が来たそうです。ただ、その招待状には、『特別』と書かれていたそうです。特別招待という意味で、今回に限り、なぜ『特別』の判が押してあったのかわからなくて、理由を本人に聞いたそうです。そしたら彼は、自分だけがなぜ特別招待されたのか、理由はわかっていると言ったそうです。その後の事故死ですから、あれはどう考えても覚悟の自殺としか思えない。特別な招待状を受け取った時に、彼はすでに覚悟していたんじゃないか、そんな気がしてしょうがないと彼女は言っていました」

「それで納得したよ」

と、十津川はいった。

「どう、納得されたんですか？」

「三国志という有名な小説がある。その中に曹操《そうそう》に仕えた荀彧《じゅんいく》という参謀が出てくる。荀彧は優秀な参謀で、数々の戦いに曹操を助けて彼を天下の覇者にしていく。ただ曹操が後漢の君主を殺して自分が中国の帝王になろうとすることには、荀彧は反対した。今は滅びようとしている後漢を支えていくのが人の道だと言って反対したんだね。ところが、そのあと曹操から菓子箱が送られてきた。それを開けてみると、中には何も入ってなかった。荀彧は、『王の気持ちはわかった』と、言って、その日の内に毒を飲んで死んでしまう。その話とよく似ている。荀彧は、空の菓子箱を送ってきた曹操の気持ちがよくわかっていて、『否を唱えるなら死ね』という意味だとわかって自殺するんだ。それと同じ事じゃないのかな。

菅沼功一郎に特別招待状を送ってきた、ハンティング・ワールド理事長の後藤恵一郎の気持ちがわかったんだ。そして、東京に行き自殺した。よく似てるじゃないか」

「似ていますが、時代が違います。たとえ後藤総理が、死んで欲しいという意味で特別招待の判子を押して招待状を送ったとしても、何も死ぬ事はないじゃありませんか。三国志の時代じゃないんですから」

と、早苗が、いった。

「その通りだが、菅沼功一郎が何か後藤総理に対して負い目を持っていたら、違ってくるんじゃないか。その負い目はたぶん死をもって償うほどの大きな物だった。だから彼は、自殺した。それも、後藤総理に迷惑がかからないよう事故死に見せかけて自殺したんだ」

と、十津川が、いった。

「それはいったい何でしょうか？　親しかった秋山けいにもわからなかったんでしょう？」

と早苗はいうのだ。

「私にもわからないが、一つ引っ掛かるのが、アフリカでのハンティング・ワールドだよ。一行の行動を映したものがあるんだが、その中の五分間が消されているんだ。

そこに、何が映っていたのか。それがわかれば、菅沼功一郎がなぜ自殺したのかが、わかってくるんじゃないかと、期待しているんだがね」

と、十津川はいった。

4

東京に戻ると、十津川は、何とかして、この五分間の空白を調べる事にした。

六年前、総理になったばかりの後藤恵一郎は、世界のハンティング・ワールドの招待を受けて、日本の会員と一緒にアフリカに出発した。

たった一日だけのハンティングである。猛獣はハンティングしない。数が増え過ぎた草食動物だけ、それも頭数を限って、ハンティングする。たぶん、最後のハンティングになるだろうというので、日本でも多くの新聞やテレビが取り上げていた。しかしハンティングの最中に、何か事故があったという報道は一つもなかった。

現代の世界の動植物状況から見て、最後のハンティングなのだろう。これから人間が野生の動物をハンティングする事はなくなるという形でマスコミが報道していた。こうした報道は日本だけではなく、世界的なものらしく、ハンティング・ワールドの本部が置かれたフランスでも同じ様な報道があったと、日本の新聞は、伝えていた。

世界的な広がりを持つハンティング・ワールドの会員の中に、各国の首脳や有名人も入っていて、その人たちも、最後のアフリカでのハンティングを楽しんだとして、顔写真を載せていた。日本支部の理事長である、後藤総理も次のような談話を、発表していた。

「これからは、野生の動物をハンティングするという行為は、たぶん無くなるだろう。野生の動物を観賞し、大切に育て、動物が生きる地域を広げる行動を、ハンティング・ワールドはするようになるだろう。私も最後のハンティングを楽しんだが、これからは、日本支部もそうした方向に会を持っていく積りである」

参加した何人かの談話も載っていたが、その中に、菅沼功一郎の名は、どの新聞にも載っていなかった。

さらに、この時、同行したカメラマンも、誰だかわからなかった。

そんな時、女性刑事の北条早苗が、一つのニュースを持ってきた。

「総理夫人の後藤紀子も、ハンティング・ワールドの会員の一人で、問題のハンティングに参加しています」

「それは私も知っているんだ」

といってから、急に一人で頷いて、

「そうか。総理夫人の関係者という事もあり得るんだ」

と、いった。

今度は総理夫人の関係者である。

一週間かけて、総理夫人の関係者を調べ、やっと一人の名前が浮かんで来た。

足立俊次《あだちとしつぐ》、三十歳である。

総理夫人の紀子は、様々な名誉職に就いていた。中には名前だけの物もあるが、現実に活動している物もあった。その中で十津川が注目したのは、後藤夫妻が住む千代田区内で行われている、千代田区テニス大会である。毎年一回、千代田区内で五十二のチームが、総理大臣杯を競って大会が行われ、現実に総理夫人の紀子が名誉会長になっていた。住む場所が千代田区だけに有名人の参加も多い。

その中に、「キングコング」というチームがあって、なかなかの強豪だった。大会では十位以内に入る事も多く、部員の数は三十人。しかし、その名簿を調べてみると、何故かその中に一度も大会に出た事がない名前があった。

足立俊次。五年間も会員なのに、なぜか一度も大会に出た事がないのである。そこで、十津川は「キングコング」の連絡先と書かれた電話番号に問い合わせてみた。回答はこうであった。

「実は強い選手だったんですが、足を故障してからは、実際にテニスが出来なくなりました。それで大会に出た事がないのです」

というのだ。

「それなのにどうして五年間も登録されていたんですか？」

ときくと、

「実は、千代田区のテニス大会の名誉会長をやっている、総理夫人の親戚だという事で、会員に残っている。総理夫人から寄付があったりするんで名前を残しています」

という答えが返ってきた。

大学時代もテニスをやっていたというので、足立が卒業したS大に行って、彼の事を聞いてみた。

事務長は意外そうな顔で、

「彼がテニスをやっていたというのは、知りませんでした。彼はうちの学校で空手を習っていたんです。優秀な成績で、在学中は我が校の空手の代表になった事もありますよ」

と、教えてくれた。大学院まで進んだ後、東京八重洲《やえす》口に本社がある大手の商事会社に入社した筈だとも教えられた。

十津川が、その商事会社に電話してみると、足立は現在、アメリカのロサンゼルスにある支店で働いているという事だった。

「その足立さんは、総理夫人とは親戚にあたるんですか？」

と、十津川が、きいてみると、広報部長は、

「そういう話はありますが、確認はしておりません。総理夫人の関係者だとしても、別に特別扱いはしてませんから」

というのが答えだった。

ところが、そこまで調べていた十津川は、突然三上刑事部長に呼ばれて、

「後藤総理夫人の親戚に、足立俊次さんという商社員がいる。なんでも、彼の大学時代のことや、千代田区のテニス大会のことを調べているようだが、事件と何の関係があるんだ？」

「私は、関係があると思って調べているんですが、誰が文句をつけてきたんですか？」

と、十津川は、きき返した。

「千代田区のテニス大会は、千代田区に住んでいる総理夫妻、特に夫人の方が援助している。千代田区のテニス大会の優勝賞品も、総理夫人が自分のポケットマネーから出していると聞いた。そういう千代田区のテニス大会まで、なぜ調べるんだ。総理夫

人は秘書を通して、こちらに抗議をされている。それとも今回の事件と関係あるという証拠でもあるのか」

三上刑事部長の声も激しくなってきた。

「今のところはありませんが」

と、十津川がいうと、

「それならやめるんだ。証拠も無いのに、関係がありそうな事を言って、捜査していたら、今回の捜査自体が、中止に追いやられる事になるぞ。わかったな」

今後一切、足立という商社員には近付くな、と命令されてしまった。

これで捜査本部としては、足立俊次について、捜査をする事は出来なくなってしまったが、十津川は諦めずに、私立探偵の橋本豊に個人的に依頼して、商社員の足立俊次を調べてくれるように頼んだ。

調査の方法は、橋本に任せてあったが、十津川が期待するような報告書は、一ヶ月経っても届けられなかった。それだけ、難しい調査らしい。

5

一ヶ月と六日目に、最初の報告書が十津川個人宛に届いた。

「六年前の足立俊次について報告します。その頃、足立はS大の大学院生で、好んで世界中を旅行しています。時には紛争地区にも滞在して、その時のメモがノンフィクション賞の候補になった事もあります。そこで問題の、アフリカにおけるハンティング・ワールドですが、グループの最後の猛獣狩りの時に足立がどうしていたか。その十日間、足立は学校に出ていません。足立自身は現在ロサンゼルスにいるので、質問は出来ませんが、当時の大学院の教授の話では、その頃はたぶん、海外旅行に出かけていたのではないかと、いうことです。カメラの腕も相当なもので、大学院時代はアルバイトで各種イベントの撮影担当も、しています。ですから、問題の時、三月一日から三月十日までの間、彼がカメラを持ってアフリカにおけるハンティング・ワールドでカメラマンをしていたとしても、おかしくはありません」

これが、橋本の送ってきた最初の報告書だった。

さらに一ヶ月経って、二回目の報告書が送られてきた。

「雑誌の取材ということにして、商事会社のロサンゼルス支社まで行き、社員の足立俊次に会おうと思ったのですが、忙しいという事で拒否されました。困っていたのですが、当時大学院生の足立が付き合っていた女性が分かりました。彼女に会って、当時の足立俊次について聞きました。彼女の名前は、別所ゆかり。現在結婚して、夫の姓になっていますが、大阪で家庭を持っているという事なので、そちらに会い行って来ました。その時の彼女の話です」

「当時、私は日記をつけていたので、問題の三月一日から十日までの日記を調べた所、足立さんは旅行中で会えなかった。それから二、三日後に会うと日焼けしていて『アフリカに行っていた。アルバイトの仕事だった』と、教えてくれました。日本の知り合いに頼まれて、世界的に有名なハンティング・ワールドの、アフリカでのハンティングに、カメラマンとして同行したと。『たぶんこれが、最後の野生の動物のハンティングになるだろう』と、その時足立さんは言っていたのですが、

その後彼に、ハンティング・ワールドについて聞くと、なぜか『もう、忘れてしまった』という答えが返ってくるようになりました。なぜ、彼が忘れてしまったというのか、今でもわかりません。何かまずい事があったのか、それとも誰かにあのハンティングについては話すな、と言われたのかはわかりません」

「これが、別所ゆかりの話です。このまま報告書に書いてお伝えします」

十津川は、直接橋本に電話して聞いてみたが、

「申し訳ありません。これ以上の話は残念ながら聞けないのです。何とか、もっと話を聞きたいんですが、今のところは難しいと思います」

と、橋本は、いうのである。

それでも、十津川にはわかったことがあった。

問題のアフリカでのハンティングは、足立俊次が撮ったのだ。後藤総理の夫人紀子が、そうしたらしい。親戚の足立俊次にアルバイトをやらせたかったのか。それだけの力を、ファーストレディの紀子が持っていたということだろう。

とすれば、黒く消された五分間も、足立俊次が、総理夫人の紀子に頼まれて、やったことなのか。

しかし、この調査も、上司の三上本部長に気付かれて激しく叱責されてしまった。

「今度は、足立さんの元彼女にまで、接触したらしいな。やめないと、君を今回の捜査から、除外しなければならなくなるぞ」

とまで、三上刑事部長からいわれてしまった。

三上刑事部長から、命令されたので、十津川としては自分が手を下さず、私立探偵の橋本に頼んだのがばれてしまったらしい。ひょっとすると、十津川の周囲を誰かが調べているのかもしれなかった。

十津川は仕方なく、いったん捜査を打ち切りにする事にした。新しい捜査は中止し、今までの捜査に戻る事にしたのである。今までの捜査では真相に辿り着けない事はわかっていたが、仕方がない。そうしておいて十津川自身は、今までに調べた事、新しい捜査についてもう一度、一人で考え直す事にした。

今までの捜査、新しい捜査のどこが間違っているのか、どこが真相に近付いているのかなど、そうした事を動かずに考え直そうと思ったのである。

十津川は眼をつぶって考えた。世界的なグループ「ハンティング・ワールド」。その日本支部理事長は、代々総理大臣が務めてきた。そういう事を調べていると、突然会員の一人、菅沼功一郎が死亡した。銃の暴発という事になっているが、親しい女性の秋山けいは、事故死ではなく、覚悟の自殺だと主張している。

この件についていえば、十津川がハンティング・ワールドについて調べ始めた事は正しかったのだ。

正しかったからこそ、犠牲者が出ている。この件についての十津川自身の間違いは、捜査不足である。捜査不足でありながら、たぶん真相に近付きすぎてしまったので、相手は口封じに菅沼功一郎を死に追いやってしまったのだ。恐らく、事故死に見せかけた自殺というのが正しい所だろう。しかし、それなのにまだ十津川は、自殺の真相がわかっていない。

その後、六年前のアフリカにおけるハンティングの記録が時間にすると約五分間だけ、黒く消されてしまっている事がわかった。これもたぶん、事件の真相に近付いたのだ。

しかし残念ながらなぜ消されたのか、そこに何が映っていたのかは、わからないままである。

わからないが真相に近付いてしまったので、上からの圧力が急に強くなってきた。捜査に横やりが入り始めたのではないのか。これをプラスと受け取っていいのか、マイナスと受け取るべきなのか、十津川にも判断がつかない。

そこで、十津川としてはどうしたらいいのか。それを考えてみる。新しい方向の捜査を続けたいのだが、それを続ければたぶん、上からの圧力で十津川は今回の捜査から追い出されてしまうだろう。そうなれば、全てが無駄になってしまう。

だが、元の捜査に戻って今回の事件の真相に近付けるのか。近付けないからこそ、新しい捜査に踏み切ったのではなかったのか。考え続けていると、頭が痛くなってくる。

十津川は、考えることをやめて、自分でコーヒーを淹れた。

亀井刑事の淹れてくれるコーヒーは、美味いが、自分で淹れるコーヒーは、不味《まず》い。どうも、こうしたことは、生れつき下手らしい。

不味いコーヒーを不味さを噛みしめながら口に運んだ。

第七章　逆転の法則

1

亀井が、コーヒーを持って、入って来た。

その亀井に向って、十津川は、

「刑事たちは、どうしてる？」

「今、富永秀英を呼んで、尋問をやっています。富永は、自分が脅迫したのは、菅沼功一郎だと自供しましたが、これはすでにわかっていたことで、問題は、誰のために、彼が平間副総理を殺したかということです。何か菅沼について、思い出したことがないか、聞いています」

「後藤総理の気持を忖度しての犯行だと想像はしているが、五分間の謎がわからなければ証明は出来ない。何とかしたいのだが、肝心の菅沼功一郎が死んでしまっているからね」

十津川は、難しい顔で、カップに残ったコーヒーを飲み干した。

それを見て、亀井が、笑った。

「それは警部が、自分で淹れたコーヒーですか」

「そうだよ」

「それなら、私が淹れたコーヒーを飲んで下さい。私の方が慣れていて、美味いコーヒーだと思いますから」

「ありがたい。自分で淹れたコーヒーが不味いので、閉口していたんだ」

と、十津川は、笑顔になった。

そのあとで、急に、

「私も富永秀英の尋問をやろう」

「新しいことは出て来ないと思いますが」

「それでもいいんだ」

特別室に富永秀英を入れて、十津川と亀井の二人で尋問することにした。富永は、疲れ切った顔で、十津川に文句を、いった。

「どうなっているんです？　刑事さんたちが入れ替り立ち替りで尋問するんで、こちらは疲れ切りましたよ。もう、話す事はすでに、十津川さんに全部話した筈ですがね」

「わかっているよ。だから、これは尋問じゃない。話し合いだ。とにかく、コーヒーを飲んでくれ」

十津川は、亀井が淹れたコーヒーを富永に勧めた。

十津川は問題の腕時計と、斬奸状の写しを入れた携帯を机の上に置いて、

「あなたは、この二つを、六年前の十月十日にホテルのトイレで発見した。その後、金になると思って菅沼功一郎を強請《ゆす》った。間違いないね？」

と、きくと、富永は小さく肩をすくめて、

「その事ならもう何回も話しましたよ。自首すれば少しは優しくしてくれるかと思ったのに、延々と同じ事を聞かれるなら自首するんじゃなかったですよ」

と、文句をいった。

「幾ら強請ったんだ？」

「だから、百万円ですよ」

「しかし、相手が二百万円出してくれた。二百万では終わらなかったんじゃないのか。

そのために、写真に撮り、時計も返さなかったんだろう？」

「い、いや、二百万だけですよ……」

「自首してきたのは、褒められるが、本当のことを言わないと、結局、罪が重くなるぞ」

「わかりましたよ。百万円といったら、二百万払うといったので、こりゃあもっと取れるなと思ったので、つい、値をつり上げていったんです。五百万でもＯＫだったし、そして、最後に一千万と言った時も、わかったと言って払ってくれましたよ。ああこれは、この男は医者だから、金を持っているのか、後ろに大金持ちがついてるんだなと思いましたね。今から考えるともっと、一億円ぐらい要求しておけばよかったと思ってますよ」

「あなたは、自分が強請った菅沼功一郎という男の事をどのくらい知っているんだ」

「名古屋で働いてる医者で、立派な時計の持ち主で、総理大臣から表彰された事がある。それも強請った理由の一つだよ。総理大臣に褒められた位だから、貧乏人の筈ないからな」

と、富永はいった。

「その、菅沼功一郎が死んだ事も知っているね？」

「ああ、知ってるよ。銃の暴発で死んだんだろう？」

「それが違うんだ。菅沼功一郎は自殺したんだ」

「どうして自殺なんか」

「あなたが強請ったからだ」

「しかし、俺が強請ったのは五年、いや六年も前だよ。今自殺したからといって、俺のせいにされちゃ困るな」

「あなたが六年前に知ったせいで彼の立場が悪くなった。それで自殺したんだ。新聞なんかには銃の暴発と書いてあるが、実際には違うんだよ。追い詰められて自殺したから、あなたは殺人犯でもあるんだ」

「ちょっと待ってくれよ。俺は今回の事件で誰も殺してない。たった一人を強請っただけだ。それに、自首もしているんだ。それを忘れられちゃ困るな。昔から俺は気が小さくて人殺しなんか出来ないよ」

「しかし、今も言ったように、あなたは、菅沼功一郎を脅して、一千万円も強請り取った。彼はそれが原因で自殺しているんだ」

十津川が脅かすと、富永は、

「一千万円を、一度に貰ったわけじゃありませんよ」

と、いい出した。

「一度に要求したんじゃなくて、何回にもわたって、強請ったのか？」

「最初は、遠慮して、百万円を要求したら、あっさり二百万円をくれたんです。それで止めるつもりだったんですが、金が無くなったんで、もう一度、二百万円を要求して。そしたら、またあっさり、くれたんで――」

「それで、合計が、一千万円か？」

「そうです」

「じゃあ、五回も、強請ったのか？」

「そうなりますかね」

「向うも、よく、五回も払ったな」

「あの人、良い人ですよ。とても、人殺しをしたようには、見えませんね」

「何処で、五回も会ったんだ？」

十津川は、その回数に興味を持った。

「静かな人で、怒ったような顔は見ませんでした。だから、仕方なく人を殺したんだと思いますよ」

「だから、何処で会っていたんだ？」

「いつも同じ場所を、向うが、言ってきて、そこで会ってましたよ。京王線の急行で、新宿から、十五分くらいで千歳烏山《ちとせからすやま》駅に着くんです。その駅近くの『むさしの』というカフェです」

「菅沼功一郎が、そのカフェをいつも、指定してきたんだな？」

「そうです。でも、本当にいい人でしたよ」

「なんでわかるんだ？」

「三回目だったかな。その頃、時々頭が痛くて、急に首を回したりすると首筋が、しびれたりしていたんです。相談する人もいなかったんで、つい、強請っている相手に言ったら、それは高血圧で、そのままだと、突然、倒れる恐れがあるから、医者に相談して血圧降下剤を飲むようにした方がいいと、教えてくれたんだ。おかしな人でしたよ」

「名古屋に取りに来いと言われなかったのか？」

「そういわれたことは、ありませんよ。名古屋まで来いと言われたら、こっちが用心して、行かなかったでしょうね。東京だから、大丈夫だと思ったんです」

と、富永は、いった。

十津川は、彼のいうカフェに、行ってみたくなった。亡くなった菅沼功一郎が、妙に拘《こだわ》っていた店だと聞いたからである。

新宿から急行で十五分ほどで、千歳烏山駅に着く。駅前に商店街があり、その中に小さなカフェ「むさしの」があった。

平凡な感じの店である。

六十代に見える夫婦でやっているらしい。

先に店に入った十津川は、コーヒーを注文した。高校生らしいカップルがいたので、その二人がいなくなったら、オーナーに声をかけようと思っていると、後から入って来た亀井が、小声で、

「この店のオーナーの名前は、足立俊之だそうです」

と、十津川に告げた。

十津川は、ちらりと、カウンターの奥にいるオーナーの顔を見た。

十津川が、今、一番会いたい男は、足立俊次だからだった。

顔写真は手に入れているので、それを携帯に入れておいた。それを、取り出して、オーナーの顔、その妻らしい女と比べて見た。

オーナーの方に似ているとわかって、十津川はコーヒーカップを持って、カウンターに、移動した。

亀井も、その横に移った。

十津川は、オーナーに、警察手帳を見せて、

「足立俊之さんですね？」

と、きいた。

一瞬、夫婦は顔を見合せてから、

「そうですが、何か？」

「足立俊次さんを、ご存じですか？」

「息子ですが、今は、外国へ出ています」

「あなたは、総理の後藤家の皆さんと親戚だと伺ったんですが？」

「遠い親戚で、後藤家と特別に親しいわけじゃありません」

「しかし、俊次さんは、総理夫人が、眼をかけていて、六年前に、総理夫妻に同行し、アフリカでのハンティングに、カメラマンとして活躍されたと聞きましたが」

「俊次が、大学院生の頃のことです。臨時のカメラマンとして、アフリカに行ったのは知っています。それが、何か？」

「菅沼功一郎を知っていますか？」

十津川が、質問を変えた。

「確か、最近、亡くなった方でしょう？」

「それだけですか？」

「私の身内の人間ではないし――」

「六年前、総理夫妻と一緒にアフリカのハンティングに行っています。その時の様子を足立俊次さんが、カメラに納めている筈です」

「そんなことも、あったんですか」

「そのあと、菅沼さんは、殺人容疑で、富永秀英という男に脅迫され、一回二百万円、合計一千万円を支払っているんですが、金を支払う場所として五回も、このカフェを使っているんです」

「――」

「何故、菅沼功一郎が、金の支払いに、毎回このカフェを利用したのかわからなかったのですが、足立さんにお会いして、了解しました。足立俊次さんのご両親のお店だったからなんですね」

「――」

「菅沼功一郎は、他の時も、名古屋から上京してくると、このカフェを、よく利用していたんじゃありませんか？　ぜひ、この件は、話して頂きたいのですよ」

十津川が、重ねていうと、足立の母親、節子が、

「確かに、菅沼さんは、よく、うちを利用して頂きました」

「他に何か菅沼さんとの関係はなかったんですか？」

と、横から亀井が、きいた。それで、覚悟を決めたように、父親の足立俊之が、

「実は、菅沼さんに、お金を借りたことも、あります」

と、いった。

「さして、親しくないのにですか？」

「もう六年前になります。突然、菅沼さんが訪ねてきましてね。アフリカ旅行の時に、息子さんに、大変、お世話になったと、お礼に見えられたんです。息子には、何も聞いていなかったんですが、後に、息子に聞きました。そうしたら、真相を話してくれたんですが、それは、ちょっと話しにくいことでして」

「菅沼さんは、もう亡くなっているから、構わないでしょう。アフリカでのハンティング中に、足立俊次さんが、菅沼さんのハンティングの様子をカメラに納めていた最中のことじゃないですか？」

十津川が、いうと、足立は、びっくりした顔で、

「ご存じなんですか」

「やっぱりね」

「あの時、野生の動物は、射殺してはならない。数の増え過ぎた、草食動物だけに限るハンティングだったらしいのですが、菅沼さんは、誤って、数の少ないチータを射殺してしまった。カメラを回していた息子も気付いて、すぐ、後藤総理に相談したそうです。そうしたら、これは日本の恥にもなることだから、すぐ、チータの死体を地下に埋め、フィルムも、その部分だけ消してしまえ、但し削除しないで、黒く残しておけと指示されたそうです。息子に言わせると、後藤総理が、菅沼功一郎に大きな貸しを作ったわけで、そのあと、菅沼さんは、人を殺してしまったと、言っていました。そのことで、菅沼さんは、富永秀英という人に、強請られているんだとも、言っていました」

「よく話してくれました」

と、十津川が、いうと、足立は、

「息子も、殺人の共犯になるんでしょうか？」

「それは大丈夫でしょうが、とにかく、息子さんに会いたいのですが、外国に行ってるんでしたね？」

「それが、ここにきて、息子と連絡が取れなくなってしまい、私も家内も、心配しているんです」

と、足立は、いった。

2

十津川の頭の中で、一つのストーリーが、出来あがっていくのを感じた。

後藤総理を中心にしたコネと忖度による殺人事件である。

六年前、後藤総理は、ハンティング・ワールドの日本支部の理事長で、菅沼功一郎は会員の一人だった。

ある時、総理夫妻と会員の菅沼たちが、アフリカのナミビアに招待された。限定されたハンティングで、稀少な猛獣は殺してはいけないルールなのに、菅沼は誤って野生のチータを射ってしまったが、後藤総理に助けられた。

が、大きな借りを作ってしまった。その借りを返すために、総理の意向を平然と無視した平間副総理を殺した。

しかし、そのため、菅沼は、富永秀英に脅迫されて、大金を、払う目にもあった。

まだ警察に捕まるわけにはいかない菅沼は、事件を追っていた、元警視庁刑事も、えちごトキめき鉄道の車内で、毒殺しなければならなかった。

おそらく、秋山けいは、何も知らず、菅沼に言われるままに、乗客に飲み物を配ったのだろう。

そして、菅沼は、事件を同人誌に書いた木村文彦の動向を探るため、自宅に盗聴器を仕掛けた。さらには、総理のブレーンで、いまだに総理を批判する准教授まで、殺してしまうことになった。

だが、そんな自分が嫌になって自殺した。

しかし、冷静に見れば、一番のワルは、後藤総理である。自分の名を挙げるために、右翼的な発言をしたり、時には左翼的な発表をする。それが失敗すると、自分のことは棚にあげて相手を憎み、自分に抵抗できない人間に、殺人を犯させる。

しかし、証拠はない。

十津川の頭の中では、犯人も、それを示唆した本当のワルもわかっているのだが、犯人は、すでに自殺しているし、しかも、影響が主人に及ばないように、事故に見せて死んでいる。

それを主人の方は、知っていて、平然としている。それが、十津川には、許せなかった。

「この気持を、三上部長にも、分かって貰いたいのだが」

と、十津川が、いうと、亀井は、笑って、

「無駄ですよ。部長は、将来の警視総監を狙っていますから、政治家を悪く言う筈がありません」

「確かに、そうだな」

と、十津川も肯いた。

各省の幹部の人事は、内閣人事局が握っている。警視庁も同じである。刑事部長より上の人事には、内閣人事局の承認が、必要だった。将来の警視総監を狙っている三上刑事部長が、内閣の、特に後藤総理を指弾するような話に、聞く耳を持つ筈はない。

十津川は、暫く考えていたが、

「この話は、考えても無駄だから、カメさんも、忘れてくれ」

と、亀井刑事に、いった。

「残念ですね」

「仕方がないさ」

と、十津川は、笑った。

その日の夜、十津川は、久しぶりに、悪友に会った。

名前は、田中康介。大学の同窓である。

筆名は、渋谷義勇。この方が、有名だが、名誉棄損で、何回か、逮捕されていた。

そういう男である。

十津川は、新宿の天ぷら屋の個室で、夕食を、おごることにした。

「君は、権力の手先だ」

渋谷は、箸を動かしながら、いう。

十津川は苦笑した。

「その通りだよ」

「それで、おれに夕食をおごってくれるのだから、何か企んでるな」

「いや。ただ、私の愚痴を聞いて貰いたいだけだ」

「愚痴を聞くのは得意だよ」

と、渋谷はいった。

そこで、十津川は、食事をしながら、自分の愚痴を話していった。

そして、何の約束もせずに、二人は、別れた。

一ヶ月後の総合雑誌に、渋谷義勇の名前で、

「日本の危機。こんな指導者に委せておいていいのか」

というタイトルの記事が、載った。

全て、「私の聞いたところでは――」という形で、現総理後藤恵一郎の「危険」が、書き並べてあった。

「口では、平和外交、融和政策を言いながら、実際には、憲法を改悪し、専守防衛の自衛隊を、専攻攻撃の軍隊に、変えている。

その現われが、空母の建造である。ヘリ空母と主張して、すでに五隻を建造しながら、今になって、正式空母に改造し、F35Aを載せると言い出している。専守防衛の空母というものが、世界にあるのだろうか。

こうした総理を戴く日本の危機を改めようと、世界特にアジアを歴訪し平和外交を約束した平間副総理は、帰国した直後に、射殺された。

私の聞いたところでは、総理に恩を受けた忠実な男が、総理の考えを忖度して、平間副総理を殺し、自ら命を絶ったといわれている。

こうした危険な総理を戴いている日本という国家は、危機にあると見て間違いない。すでに、滅亡に向って進んでいるだろう」

総理秘書の名前で、直ちに、雑誌の出版社と、筆者の渋谷義勇に抗議したが、出版社は、送られてきた原稿を、そのまま載せただけで、これは表現の自由であるとし、渋谷は、行方をくらませてしまった。

代りに、国会が開くと、一匹狼の若い小野田という代議士が、この記事を元に、総理に質問した。

持ち時間は、わずか十分間である。

「私の調べたところ、自殺した犯人の名前は、菅沼功一郎とわかっています。総理が理事長をやっているハンティング・ワールドの会員ですね。彼は、平間副総理が、総理の政治信条とは逆の平和主義を、アジア諸国に言明してきたことを、総理が困惑し、激怒していることを忖度して、殺害したといわれている。これは、事実ですか？」

と、小野田は、ぶつけていった。

「それは、デマですよ。困って抗議したが、雑誌に書いた男は、逃げて、行方がわからない。その無責任さに呆れています」

後藤総理が、余裕で、微笑した。

「しかし、総理の最近の言動を見ていると、憲法を改正して、専守防衛ではない、他国まで侵攻できる軍隊を目指している。護衛艦『いずも』を改造して、Ｆ35Ａを載せることにすると言明している。明らかに、殺された平間副総理と正反対だ。だから、困惑して、憎んでいる。それを忖度した菅沼功一郎が、殺した。違うんですか？」

「私は、今でも、専守防衛主義ですよ。根本では、平間副総理と同意見だ。第一、彼を招いて、アジア歴訪に向かわせたのは私なんだ。そんな私が、平間副総理に反対する筈はないでしょう。まして殺したいと思う筈がない」

「しかし、護衛艦『いずも』を改造して、F35Aを載せるというのは、どうなんですか？　F35Aは、原子爆弾まで積めるんですよ。世界最高の攻撃力を持っているんです。それを載せる空母が、どうして、専守防衛なんですか？」

「小野田代議士。よく考えて下さい。『いずも』は、ヘリ空母として建造されたものです。ところが、そのあと、中国は、巨大空母を造り、攻撃機を載せて、日本周辺の海域に進出してきました。更に、六万トンの原子力空母の建造を始めると、発表しています。ヘリ空母『いずも』の改造を命じたのは、その後ですよ。中国が、あんな行動に出なければ、私だって『いずも』の空母への改造なんか考えませんよ。私も、平和を愛している人間ですから」

「今の言葉、嘘でしたら、責任を取りますか？」

「もちろんです。だから、あなたも、私が、平間副総理の死に関係があるようなことを言うのは、つつしんで頂きたい」

これで、国会での短かい討論は終ったが、翌日、新聞に、小さな記事が、載った。マレーシアの九十歳の首相の談話だった。

「最近の日本政治の動きに不安を感じている。太平洋戦争の時、日本の軍隊が攻め寄せて来てイギリス軍と戦い、マレーシアを始めとする東南アジアが戦場になり、何万、何十万という人人が死んだ。そのことは、まだ忘れていない。戦後、日本は、平和憲法を持ち、戦争をしないと言明しているので、安心していたのだが、憲法を変え、攻撃的な軍隊を持とうとしているので、再び、日本軍が、攻め寄せてくるのではないかと心配である」

この談話を本《もと》にして、今度は、最大野党の党首が、後藤総理を追及した。

「日本人は、忘れても、侵略され、何万、何十万もの死者を出した被害者は、忘れないんですよ。総理は、憲法を変えるのは、わが国の自由だというが、それは、太平洋戦争で、加害者だったことを忘れていることだ。日本軍に攻め込まれ、莫大な被害を受けたアジアの人々はそうは思っていないのですよ。

また、日本軍が攻めて来るのではないかという恐怖心を持っている。今のところ、日本は平和憲法を持ち、戦争を禁じているので、安心しているが、日本の首相が、平和憲法を変え、あの日本軍が再建されて、また攻撃してくるのではないかと不安になると言っているのですよ。そのことを、どう思っているのか答えて頂きたい。私にではなく、マレーシアの首相にです」

それに対して、後藤総理が答えた。

「では、マレーシアの首相と、アジアの人々に答えましょう。私は、戦争をするために、憲法を変えたいと願うのではありません。ましてや、アジア侵攻のためではない。自分を取り戻すためです。自分を守るためです。安心して下さい」

「しかし、ここに来て、相次いで、攻撃的な武器をアメリカから、購入するとしていますよ。F35Aを、二百機も購入すると、言明した。原子爆弾も運べる飛行機です。より攻撃的なのは、そのF35Aを搭載できる空母の建造です。この説明を、どんな風に出来るというのですか？」

「その件については、すでに、私は、マスコミに答えています。『いずも』は、もともと、守備的な、ヘリ空母として建造されたものです。そのあとで、中国は、本格的な空母を造り、更に、六万トンの原子力空母を建造すると、発表したのですよ。日本としては、それに対抗するために、それも、ささやかに、『いずも』を空母に改造して、それに、Ｆ35Ａを積もうというだけです。アジアを攻撃するためではありません」

「アジアの人々は、果して、今の総理の言葉を信じてくれますかね？」

「私は、嘘はついていませんよ」

「嘘だとわかったら、どうしますか？」

「もちろん、総理の職を辞職するが、逆に、君が失望することになると思うよ」

3

更に、十日後、十津川は、久しぶりに、休暇を取って、ひとり、アメリカ西海岸の小さな空港に降り立った。

近くに、アメリカ海軍の軍港があった。

空港には、日本人が、ひとり、迎えに来ていた。

「よお」

と、その日本人が、いった。

友人の渋谷義勇だった。

「どうだ？　収穫はあったか？」

と、十津川が、きく。

「ああ。予想どおりだった。だから、君を呼んだんだ。明日、二人ほど、大事な証人が、来ることになっている」

「じゃあ、その時に、話を聞くし、現場にも行ってみたい」

と、十津川は、いった。

「それなら、今日はこれから、夕食へ行こう。先日のお礼に、おれが、天ぷらをおごるよ」

「こんな小さな町にも、日本料理店があるのか？」

「今は、アメリカ中が、日本食ばやりでね」

二人は、タクシーで、空港から、町に入った。なるほど、ビルの中に、日本料理店があった。店の名前は、「ＹＡＭＡＴＯ」で、天ぷら、スシ、スキヤキ、何でもあるみたいだ。

その店にも、個室があり、そこで、アメリカ風の天ぷらを食べた。

この夜は、ほとんど仕事の話はせず、大学時代の思い出話に終始して別れ、十津川は、市内のホテルにチェック・インした。

翌日、渋谷と一緒に、十津川は、空港に新しい客を迎えに行った。

日本から来た二人の客で、十津川は、初めて会う男たちだった。

二人とも、七十歳近かった。

渋谷が、紹介した。

大石　徹

柴崎　博久

二人とも、元M重工造船の設計部門で働き、現在、退職している技術者だった。

そのあと、近くのホテルに入り、そこのロビーで、二人は、こもごも、自分が、何を設計したか、話してくれた。

「主として、海上自衛隊の護衛艦の設計をやっていました」

と、大石が、いい、柴崎は、

「私は、ヘリ空母といわれる護衛艦の設計です。最初は、『ひゅうが』で、今回、問題になっている『いずも』まで、五隻全ての設計に関係していました」

「私もです。最初の『ひゅうが』が、九千トンで、一番新しい『いずも』が、一万九千トンですから、大きくなったものだと思いますね」

「後藤総理の発言を、どう思いましたか？『いずも』の空母への改造と、F35Aの搭載についての発言です」

と、十津川が、きいた。

「この人は、嘘をついているか、軍事知識が全く無いのかのどちらかだと思いましたね」

「そのどちらでも、日本の防衛は、託されないということですね？」

「そうです」

「その理由を、説明して下さい」

「第一、ヘリ空母といっていますが、ヘリを何処かに運ぶ船というわけでしょう？船のスピードは、高速船でも、せいぜい三〇ノットです。それなら、ヘリ自体を飛ばせば、よほど早く着きますから、わざわざ船で運ぶ理由がないのです。第二は、他国が、大型空母を持ったからとか建造するから、ヘリ空母を改造するというのも、いかにも、遅い感じです。中国が、空母を就航させることは、前から分かっていたことですから、それに備えて軍艦を設計すべきですし、日本も、そうしてきたわけです」

「それでは、中国の空母に備えて、『いずも』を改造するというのは、おかしいわけですか？」

十津川が、きくと、二人は、声を揃えて、

「私たちは、最初から、全てを考えて、設計していますよ」

「それを話して下さい」

「それは、今回の『いずも』の話だけでなくて、最初のヘリ空母『ひゅうが』の時から、将来に備えて、設計されているのですよ」

二人とも、そのヘリ空母の第一艦『ひゅうが』の写真を見せてくれた。

全部で五枚、上から甲板を撮ったものと、横から、正面、そして後尾からの写真である。

「一番艦『ひゅうが』の建造されたのは、今から二十年も前で、F35Aは、まだ製造されていませんが、当時、一番問題になっていた飛行機は垂直上昇機のオスプレイです。故障が多いと批判する者もありましたが、政府も、自衛隊も、採用を決めていたし、海上自衛隊も、『ひゅうが』に乗せることを決めていたんです。ヘリの代りにです」

「オスプレイは、プロペラ機だから、ヘリと交代させるのは、簡単なんじゃありませんか？」

と、十津川が、きいた。

「甲板に乗せるだけならね」

と、大石がいい、柴崎が、

「上から見た写真に注目して下さい。『ひゅうが』の場合は、三基のエレベーターがあります。甲板の下には、修理工場や、爆弾などの倉庫があります。故障した飛行機は、エレベーターで、甲板下の工場に運ぶ必要があります。問題は、エレベーターの大きさです。ヘリと、オスプレイでは、大きさが違いますから、設計に当っては、その大きさに合わせる必要があります。そこで、私たちは、最初から、ヘリではなく、オスプレイに合わせて、『ひゅうが』のエレベーターを設計するように、命令されたんです。しかし、自衛隊で購入が決っていても、実物は、沖縄の米軍基地にしかありませんから、設計図を頼りに、エレベーターを造ったんです。ですから、『ひゅうが』が、進水してからも、果して、オスプレイが、エレベーターに載るかどうか、自信がありませんでした」

「しかし、実際に、オスプレイを、エレベーターに載せてみる必要があるでしょう？」

「そうです。しかし、まだ、一機も、自衛隊には無かったんです。だからといって、沖縄へ行って、米軍のオスプレイで実験したら、それこそ、大さわぎになります。自衛隊がオスプレイを購入するかどうか、まだ国民には発表していませんでしたから」

「それで、このアメリカの小さな軍港で、ひそかに、実験したらしいのです」

と、渋谷がいい、十津川たちは、その軍港に行ってみることにした。


小さいが、何隻かのアメリカの軍艦が、停泊し、近くの飛行場からは、F18が、離着陸を繰り返していた。問題のオスプレイも、数機見ることが出来た。

基地の司令官の特別許可を貰って、ゲートの中に入り、司令官の海軍少将室で、当時の話を聞いた。

「よく覚えていますよ」

と、少将が、いった。

「たった一隻で、日本の空母が、やってくるという。不思議でしたね。オスプレイの着艦訓練をやるのなら、オキナワの米軍基地にあるオスプレイを使えばいいのにね。まあ、複雑な政治事情があるというので、この基地のオスプレイを、提供しました」

その時に写した写真も見せてくれた。

日本から、遠くやってきた護衛艦「ひゅうが」の甲板に、この基地のオスプレイが、着艦する。

「私たちは、ぴりぴりして、『ひゅうが』の甲板にいましたよ。神経を使って設計したエレベーターですが、実物のオスプレイを、載せるのは、初めてですからね。だから、この基地からオスプレイが飛んでくるのを、息をひそめて、迎えたんです。もし、エレベーターの大きさが足らなくて、載らなかったら、全て、パーですからね」

「私たちは、甲板にいたんですが、オスプレイが降りてくると、やたらに大きく見えましたね。これじゃあエレベーターに載らないと思って、青くなったんですが、オスプレイの翼が、折り畳まれることを思い出して、ほっとしたりで、大変でした」

着艦したオスプレイが、エレベーターの位置まで、運ばれる写真。

オスプレイの翼が、折れて、たたまる写真。

「そのオスプレイが、ぴったりエレベーターにおさまって、下におりて行ったときは、思わず、万歳を叫びましたよ」

と、柴崎が、叫ぶようにいう。

その時の写真もあった。

翼をたたんだオスプレイが、エレベーターに載っている写真。少し、下りた写真。エレベーターの淵に並んで、万歳を叫んでいる日本人技術者たちの笑顔。

「あれは、この小さい基地では、大きな出来事でしたね」

と、海軍少将。

「結局、オスプレイは、載せませんでしたね？」

と、十津川が、二人の技術者に、いった。

「オスプレイが、故障が続きましたからね」

「そして、今回の『いずも』と、Ｆ35Ａになるんですが、『いずも』のエレベーターに、Ｆ35Ａは、載るんですか？」

「もちろん、載るように設計されています。オスプレイが消えて、Ｆ35Ａが残っていますからね。当然です」

「では、Ｆ35Ａが載るように改造するというのは、嘘ですか？」

「急に決めたというのは、明らかに嘘です。空母には細かな改造が必要ですが、『いずも』の建造が始まった時から、エレベーターは、Ｆ35Ａに合わせて設計され、造られています」

と、二人は、きっぱりと、いった。

基地司令官の海軍少将は、

「あのニュースは、嬉しかった。ただ、改造という話には、首をひねった。改造しなければならない船を、建造する筈がないからね。今の君たちの話を聞いて、ほっとしたよ。愚かな同盟軍では、困るからね」

と、いった。

十津川も、ほっとした。

「ひゅうが」と、オスプレイ着艦の写真をコピーさせて貰って、十津川たちは、司令官室を出た。

空港で、技術者二人とわかれることになった。

二人は、日本には帰らず、アメリカに家族を呼ぶのだという。

「お二人とも、定年直前に、退職されたんでしょう？　辞めた理由は、やはり、空母のエレベーターですか？」

と、十津川が、きいた。

「まあ、そうなりますかね。『ひゅうが』とオスプレイの時も、ひそかに、オスプレイに合わせて、エレベーターを設計したし、今回の『いずも』のエレベーターも、すでに、Ｆ35Ａに合わせて、設計されているんです。甲板の厚さだって、Ｆ35Ａに耐えられるように設計されている。それでなければ、おかしいし、今の世界情勢の早さに、間に合いませんよ。それなのに、これから、Ｆ35Ａに合わせて改造するというんでしょう。嘘に決っているじゃありませんか。もし、本当に、中国の軍備に合わせて『いずも』を空母に改造するんだとしたら、日本政府、特に防衛省のバカさ加減をさらけ出すことになるじゃありませんか」

と、二人は、こもごも、いうのである。

十津川と、渋谷は、その二人に見送られて、成田行の直行便に乗った。

成田では、渋谷とも別れた。

「これから、おれの戦いが、始まるんでね。例の雑誌に渡す原稿を、アメリカから貰ってきた写真入りで書きあげて、渡すことになっているが、多分、おれの勝ちだと思っているんだが、相手は、狸だから、結果は、わからん」

と、渋谷は、いった。

十津川の視界に、迎えに来た亀井の姿が入ったので、渋谷と握手してわかれた。

亀井の車で、成田空港を出る。

「お元気そうで、安心しました」

と、車を運転しながら、亀井が、いう。

「一応、予想どおりだったのでね。ただ、友人が、どんな記事を書き、向うが、どう反応するかが、わからない」

と、十津川が答えた。

「これから、どうされますか？」

「捜査本部にやってくれ」

と、十津川は、いった。

今、捜査本部は、三つの殺人事件を抱えていた。

十津川の頭の中では、全て、解決しているのだが、このあと、実際にも、解決するかどうかはまだ、わかっていなかった。

解決するとしても、どんな形で解決するかもわからないのだ。

「例の、攻撃的なメッセージを、山口准教授やマスコミに送りつけていたグループが、脅迫で逮捕されました」

と、亀井が、いった。

「そうか」

「やっぱり金を貰っての犯行でしたが、残念ながら、グループのリーダーと、後藤総理との関係は、はっきりしません」

「その方が良かったよ」

と、十津川が、いった。

「どうしてですか?」

「少しは、政治を信用したいからだよ。何もかも、背後に、総理がいるんじゃ、絶望だからね」

と、十津川は、いった。これは、彼の本音だった。

4

捜査本部に戻ると、一応、三上本部長に、帰った旨を告げたが、アメリカに行っていたことは、報告しなかった。

三上も、別に、聞かなかった。

十津川は、捜査に戻ったが、雑誌に渋谷の書いたものが載れば、事件の結着がつくと思っているので、どうしても、熱が入らない。

二十日間、十津川は、熱のない捜査が続いた。彼にとって、初めての経験だった。

そして、渋谷の原稿が載った雑誌が、出た。

「後藤総理よ。事実に眼を外向《そむ》けるな!」

これが、タイトルだった。

今から二十年前、ヘリ空母の名前で、第一艦「ひゅうが」が建造された時、すでに、当時のアメリカの最新鋭機オスプレイを搭載する前提で、エレベーターが、設計され、秘密の中に、アメリカで、実験が行われていたこと。

今回も、全く同じで、第五艦「いずも」も、F35Aの搭載を前提として、設計されていること。その「いずも」が、建造されたのは、後藤内閣の時である。

従って、今になって、中国の脅威から、「いずも」の空母改造、F35Aの搭載を決めたというのは、明らかに、嘘である。

渋谷は、写真入りで、その欺瞞《ぎまん》を書き、後藤内閣、後藤総理の責任を追及する形の主張だった。

その記事を受けて、国会で、野党が、後藤総理を追及することは、明らかだった。

(後藤総理は、どう対応するつもりだろうか?)

と、十津川は、見守った。

これで、後藤恵一郎の人間としての大きさがわかると、思ったのだ。

(それによっては、われわれの捜査も長引くだろう)

と、覚悟していたのだが、後藤恵一郎は、平凡に「心不全の恐れがあり、長期療養が必要」という医師の診断書と共に、入院してしまったのである。

十津川は、拍子抜けしてしまった。

明らかに、後藤が、負けを認めたのだ。

記者たちが、入院先の病院に殺到したが、面会謝絶で、拒絶された。

一週間後、改めて、医師の診断書が、発表された。

心不全の状況は、一向に回復せず、長期療養の必要は、確かなものになったという診断である。

内閣は、副総理格の梶本外務大臣が、暫くの間、総理を兼ねることを決めた。

普通なら、「前総理の敷いた路線を守っていく」と、談話するのだが、渋谷のバクロ記事が出たせいか、梶本大臣の談話は、次のようなものだった。

「特に外交については、周辺の諸国の声も、慎重に耳を傾けていく積りである」

十津川は、捜査本部長の三上は、より慎重に動くだろうと見ていたのだが、何故か、突然、捜査会議を開くと言い出した。

そして、会議になると、いきなり、

「今回の一連の事件について、警察としての結着をつけることにする」

と、いって、十津川を驚かせた。

三上部長が、政治と政治家に弱いということを、誰もが知っていたからである。

十津川たちが、あっけに取られていると、三上は、更に語気を強めて、

「六年前の平間副総理の射殺事件、昨年の元警視庁刑事の毒殺事件、そして、山口明准教授射殺事件、この三件の犯人は、菅沼功一郎と断定した。動機は、後藤総理に対する忖度と考えられるが、これは、証明されていない。菅沼功一郎は、猟銃の暴発による事故死とも、事故死に見せかけての自殺とも考えられるが、どちらにしても、彼は、死によって、罪を償おうとしたのだ。その菅沼を脅迫して、合計一千万円を強請した富永秀英は、脅迫容疑で起訴される。合同捜査をしている富山県警も、この結論に、賛同してくれた。これによって、一連の事件の捜査は終了し、捜査本部は解散する」

十津川たちは、呆然としていた。

近年にない、三上本部長の歯切れの良さだった。

政界が、「慎重に――」を、連呼しているのに比べると、異常なほどの決断である。

（不思議だな）

と、首をひねったが、現場の十津川にとっては、ありがたかった。

とにかく、一連の事件の結着がついたからである。

新しい事件も起きていた。

そのうちに、三上部長の変心の理由もわかった。

三上は、官房長官―後藤総理の線で、現内閣とつながりを持っていた。官房長官の矢木は、次期総理の有力者といわれていたから、この線につながっていれば、警視総監も夢ではないと、三上は、思っていたらしい。

ところが、後藤総理が入院してしまい、その上、総理兼任になったのは、梶本外務大臣だったし、その梶本と官房長官の矢木の仲の悪さは有名だったから、気の早い三上本部長は、これで、自分の警視総監の可能性は少なくなったと、思ったのだろう。

三上が、やたらに決断早くなったのは、そのせいだったらしい。

三上は、十津川を呼びつけると、

「すぐ、奥多摩へ行ってくれ。一家六人が、消えたという妙な事件が起きたらしい」

と、命令したが、珍しく、

「疲れているんなら、一休みしてからでもいいぞ」

と、いった。

そのあと、付け加えて、

「私も疲れた」

と、いった。

この作品はフィクションであり、作中に登場する人物・団体・場所等は実在のものとは関係ありません。

『えちごトキめき鉄道殺人事件』二〇一九年二月　C★NOVELS
（中央公論新社刊）

中公文庫

えちごトキめき鉄道《てつどう》殺人《さつじん》事件《じけん》

2021年11月25日　初版発行

著　者　西村《にしむら》京《きょう》太郎《たろう》

発行者　松 田 陽 三

発行所　中央公論新社
〒100-8152　東京都千代田区大手町1-7-1
電話　販売 03-5299-1730　編集 03-5299-1890
URL http://www.chuko.co.jp/

DTP　ハンズ・ミケ
印　刷　大日本印刷
製　本　大日本印刷

Published by CHUOKORON-SHINSHA, INC.
Printed in Japan　ISBN978-4-12-207142-1 C1193

中公文庫既刊より

各書目の下段の数字はISBNコードです。978－4－12が省略してあります。

に-7-55
東京－金沢 69年目の殺人 西村京太郎
終戦から69年たった8月15日、93歳の元海軍中尉が東京で扼殺された。金沢出身の被害者は、「特攻」の真相を探っていたことを十津川は突き止めるが。
206485-0

に-7-56
神戸 愛と殺意の街 西村京太郎
〈神戸の悪党〉を名乗るグループによる現金・宝石強奪事件。港町で繰り広げられる十津川と犯人の白熱の知恵比べ。悪党が実現を目指す夢の計画とは？
206530-7

に-7-57
「のと恋路号」殺意の旅 新装版 西村京太郎
自殺した婚約者の足跡を辿り「のと恋路号」に乗ったあや子にニセ刑事が近づき、婚約者が泊まった旅館の従業員は絞殺される。そして十津川の捜査に圧力が。
206586-4

に-7-58
恋の十和田、死の猪苗代 新装版 西村京太郎
ハネムーンで新妻を殺された過去を持つ刑事が、猪苗代湖で女性殺害の容疑者に。部下の無実を信じる十津川警部は美しい湖面の下に隠された真相を暴く！
206628-1

に-7-59
鳴門の渦潮を見ていた女 西村京太郎
元警視庁刑事の一人娘が、鳴門〈渦の道〉で何者かに誘拐された。犯人の提示した解放条件は現警視総監の暗殺！　警視庁内の深い闇に十津川が切り込む。
206661-8

に-7-60
姫路・新神戸 愛と野望の殺人 西村京太郎
人気デザイナー尾西香里がこだま車内で殺害された！容疑者として浮上した夫には犯行時刻のアリバイが。愛憎と欲望が織り成す迷宮に十津川の推理が冴える。
206699-1

に-7-61
木曽街道殺意の旅 新装版 西村京太郎
捜査一課の元刑事が木曽の宿場町で失踪、さらに実在しない娘から捜索依頼の手紙が届く。残された写真をもとに十津川・亀井コンビは木曽路に赴くが……。
206739-4

に-7-62
ワイドビュー南紀殺人事件 新装版
西村京太郎
十津川警部の部下・三田村刑事は、恋人と南紀へ旅行中に偶然、殺人事件に遭遇。それは連続殺人への幕開きにすぎず、やがて恋人も姿を消した……。
206757-8

に-7-63
わが愛する土佐くろしお鉄道
西村京太郎
高知への帰省当日に刺殺された女子大生。事件の鍵を握るのは、四国の鉄道事情と地元の英雄である龍馬の影⁉ 十津川警部は安芸へ向かう。
206801-8

に-7-64
宮島・伝説の愛と死
西村京太郎
癌で余命いくばくもない一乗寺多恵子が殺害された。犯人はなぜ死期の迫った女性を殺めたのか？ 事件解決の鍵を求めて十津川警部は宮島へ向かったが……。
206839-1

に-7-65
由布院心中事件 新装版
西村京太郎
温泉地由布院で、旅行中の新妻が絞殺され、夫に殺人容疑が。東京では妻のかつての恋人が白骨遺体で発見された。友人夫婦を襲う最悪の事態に十津川警部は⁉
206884-1

に-7-66
パリ・東京殺人ルート 新装版
西村京太郎
パリで殺害された日本人が内偵中の容疑者と判明し十津川警部は現地へ。だが謎の犯罪組織の罠に警部は窮地に。パリ警視庁のメグレ警部も捜査に協力するが。
206927-5

に-7-67
西から来た死体 錦川鉄道殺人事件
西村京太郎
広島発のぞみの車内で女性が毒殺された。彼女は二五年前に引退した女優で、岩国と日原を結ぶ「岩日北線」の全線開通を夢見て資金集めに奔走していたが……。
206992-3

に-7-68
五能線の女
西村京太郎
私立探偵・橋本は仕事の成功を祝い鉄道旅行を楽しんでいたが、千畳敷殺人事件の容疑者として拘束される！ 複雑に仕組まれた罠に十津川警部が挑む。
207031-8

に-7-69
南九州殺人迷路 新装版
西村京太郎
桜島行のフェリー内で、西郷隆盛を尊敬する代議士の若手秘書が刺殺された。容疑は西本刑事の見合い相手に。恐るべき陰謀の正体に十津川警部が挑む！
207069-1

各書目の下段の数字はISBNコードです。978－4－12が省略してあります。

あ-10-10
静かなる良人 新装版
赤川次郎
浮気をして家へ帰ると夫は血まみれで倒れていた。犯人探しにのりだした妻の千草は、生前気づかなかった夫の思いがけない一面を知る……。〈解説〉山前譲
206807-0

あ-10-11
迷子の眠り姫 新装版
赤川次郎
クラス対抗リレーの練習に出かけた昼下がり、誰かに川に突き落とされた高校生の笹倉里加。病院で目を覚ました彼女に不思議な力が！〈解説〉山前譲
206846-9

あ-10-12
いつもの寄り道
赤川次郎
出張に行ったはずの夫が、温泉旅館で若い女性とともに焼死体で見つかった。夫の手帳を手に入れ、事件の謎に近づく加奈子に危険が迫る！〈解説〉山前譲
206890-2

あ-10-13
夜に迷って
赤川次郎
将来有望な夫と可愛い娘のいる沢柳智春。義父の隠し子や弟のトラブル解決に尽力するが、たった一度の過ちが噂になり追いつめられていく。〈解説〉山前譲
206915-2

あ-10-14
夜の終りに
赤川次郎
三年前の殺人事件で記憶を失った母。別居中の父。殺人犯の夫が殺された矢先、娘の有貴が通り魔に襲われた。一家を陥れようとするのは……？〈解説〉山前譲
206931-2

あ-10-15
招かれた女
赤川次郎
解決済みの女学生殺人事件の犯人が野放しになっていた。真犯人の似顔絵を探し始めた人々が命を狙われて――。傑作サスペンス・ミステリー。〈解説〉山前譲
207039-4

あ-10-9
終電へ三〇歩
赤川次郎
リストラされた係長、夫の暴力に悩む主婦、駆け落ちした高校生カップル……。駅前ですれ違った他人同士の思惑が絡んで転がって、事件が起きる！
205913-9

う-10-27
薔薇の殺人
内田康夫
脅迫状が一通きただけの不可思議な誘拐事件。七日後、遺体が発見されたが、手がかりはその脅迫状だけだった。浅見光彦が哀しい事件の真相に迫る。
205336-6

各書目の下段の数字はＩＳＢＮコードです。978－4－12が省略してあります。

き-40-5
化学探偵Mr.キュリー4 喜多喜久
Mr.キュリーこと沖野春彦が、なんと被害者に⁉ 事件に立ち向かったのは春ちゃんラブのイケメン俳優・美間坂剣也。新たな名探偵、誕生か⁉
206236-8

き-40-6
化学探偵Mr.キュリー5 喜多喜久
化学サークルの「甘い」合成勝負、サ行の発音があやうくなる《薬》。そして沖野と舞衣は、理学部地下の冷蔵室に閉じ込められた。この窮地に沖野は——？
206325-9

き-40-7
化学探偵Mr.キュリー6 喜多喜久
沖野春彦が四宮大学に来て三年半。未だ研究のメインテーマを決められずにいた。そんな中、研究室に「ギフテッド」と呼ばれる天才少女が留学してきて？
206411-9

き-40-9
化学探偵Mr.キュリー7 喜多喜久
シリーズ累計50万部突破！ Mr.キュリーこと沖野春彦の推理に《化学反応》を受けた人物たちが織りなす、個性豊かな7色のミステリが登場です！
206529-1

き-40-11
化学探偵Mr.キュリー8 喜多喜久
大学内で撮影された爆破動画。理学部の排水から検出した覚醒剤。そして研究室で体調を崩す学生、その意外な原因を沖野と彼のライバル・氷上が探る。
206745-5

き-40-13
化学探偵Mr.キュリー9 喜多喜久
四宮大学で舞衣が沖野と出会って丸二年。今年も奇妙な相談が寄せられる中、あの人気「化学ドラマ」を沖野が監修することになり？
206869-8

き-40-15
化学探偵Mr.キュリー10 喜多喜久
小国の王子に舞衣がプロポーズされた⁉ 一方、沖野も海外の科学研究所にスカウトされて……。第十弾は波乱ずくめの長編作！ 文庫書き下ろし。
207067-7

こ-40-24
新装版 触発 警視庁捜査一課・碓氷弘一1 今野敏
朝八時、霞ヶ関駅で爆弾テロが発生、死傷者三百名を超える大惨事に！ 内閣危機管理対策室は、捜査本部に一人の男を送り込んだ。「碓氷弘一」シリーズ第一弾、新装改版。
206254-2

こ-40-25
新装版　アキハバラ　警視庁捜査一課・碓氷弘一2　今野　敏
秋葉原を舞台にオタク、警視庁、マフィア、中近東のスパイまでが入り乱れるアクション&パニック小説。「碓氷弘一」シリーズ第二弾、待望の新装改版！
206255-9

こ-40-26
新装版　パラレル　警視庁捜査一課・碓氷弘一3　今野　敏
首都圏内で非行少年が次々に殺された。いずれの犯行も瞬時に行われ、被害者は三人組で、外傷は全くないという共通項が。「碓氷弘一」シリーズ第三弾、待望の新装改版。
206256-6

こ-40-20
エチュード　警視庁捜査一課・碓氷弘一4　今野　敏
連続通り魔殺人事件で誤認逮捕が繰り返され、捜査は大混乱。ベテラン警部補・碓氷と美人心理調査官・藤森のコンビが真相に挑む。「碓氷弘一」シリーズ第四弾。
205884-2

こ-40-21
ペトロ　警視庁捜査一課・碓氷弘一5　今野　敏
考古学教授の妻と弟子が殺され、現場には謎めいた古代文字が残されていた。碓氷警部補は外国人研究者を相棒に真相を追う。「碓氷弘一」シリーズ第五弾。
206061-6

こ-40-33
マインド　警視庁捜査一課・碓氷弘一6　今野　敏
殺人、自殺、性犯罪……。ゴールデンウィーク最後の夜に起こった七件の事件を繋ぐ意外な糸とは？　藤森紗英も再登場！　大人気シリーズ第六弾。
206581-9

し-43-3
血　新堂　冬樹
死んだほうがいい人って、こんなにいるんだよ——十五年の時を経て漆黒の闇から這い出る赤い悪魔の正体とは…。高校一年生の少女の行く先々で起こる不審死と殺人事件!!
206832-2

ひ-21-11
猿の悲しみ　樋口　有介
弁護士事務所で働く風町サエは、殺人罪で服役経験を持つシングルマザー。ある日、出版コーディネーターが殺された事件についての調査を命じられる。
206141-5

ひ-21-13
遠い国からきた少年　樋口　有介
芸能界のフィクサーと呼ばれる男が、要求されている賠償金額を減らしたいと羽田法律事務所を訪れた。謎多き美脚調査員が、アイドルグループの闇を暴く！
206570-3

各書目の下段の数字はISBNコードです。978－4－12が省略してあります。

も-12-73 **棟居刑事の黙示録** 森村誠一
元暴力団組長の九鬼は、女子中学生殺人事件の犯人を探る。一方、政財界の黒幕が殺された事件を追う棟居刑事。二つの事件は、次第にひとつに繋がって——。
206467-6

も-12-74 **棟居刑事の追跡 新装版** 森村誠一
近隣の生活を覗き見するのが趣味の老女は、屋上から墜落死した女が男と争う光景を目撃していた。第二、第三の惨劇も起こり、棟居刑事らが動き出す！
206571-0

も-12-75 **棟居刑事の殺人の衣裳 新装版** 森村誠一
青春の幻影ともいうべき「女神」に似た女性に遭遇した銀行員・明石は、彼女を拉致してしまうが事態は予期せぬ方向へと進み……。〈解説〉坂井希久子
206664-9

も-12-76 **戦友たちの祭典《フェスティバル》** 森村誠一
太平洋戦争を生き抜いてきた男たちが、戦友の遺言に導かれ集結した。志半ばに逝った彼らの無念を背負う身に、安らかな老後は必要ない！〈解説〉折笠由美子
206761-5

も-12-77 **愛する我が祖国よ** 森村誠一
妻を喪った新人作家の永井は朝鮮戦争の激戦地へ赴き、かけがえのない仲間と出会い妻の死に疑念を抱く。『サランヘヨ　北の祖国よ』改題。〈解説〉池上冬樹
206824-7

や-53-15 **もぐら新章 血脈** 矢月秀作
新たなる「もぐら」伝説！　人類最強を決める壮絶な闘いの末、伝説は終わりを告げた……はずだった。今、最後の地沖縄であの伝説が蘇る。文庫オリジナル。
206718-9

や-53-16 **もぐら新章 波濤** 矢月秀作
もぐら・影野竜司の血を引く竜星。沖縄開発の裏で暗躍する組織と、二十年ぶりに島に現れた伝説の武闘派ヤクザ——新たな戦いの中で竜星は未来を模索する！
206862-9

や-53-17 **もぐら新章 青嵐** 矢月秀作
コロナ禍に沈む沖縄で拳を振るうボクサー崩れの城間尚亮。渡久地巌に心酔する城間の暴走が、もぐらの血を引く竜星の怒りを爆発させる。文庫オリジナル。
207051-6